新・世界現代詩文庫 16

アンバル・パスト詩集

Ambar Past

細野 豊
Yutaka Hosono
編訳

土曜美術社出版販売

著者近影　マチュピチュにて　チリの詩人エクトル・エルナンデス・モンテシノス撮影

新・世界現代詩文庫　16　アンバル・パスト詩集　目次

詩篇

未刊詩篇

＊1　ウラカーナ＝HURACANA はスペイン語 HURACÁN（ハリケーン）を女性形にした、アンバル・パストの造語で、強いて和訳すれば、「女ハリケーン」か。

＊2　「捧げる詩」「傾いたうみ」「木こりたちのための夜想曲」及び「偽名のもとに」の四篇は、当初、詩集『かたつむり』（一九九四年）に掲載され、その後詩集『ウラカーナ』にも、形式または内容の一部を変更のうえ収録された。本詩選集では『ウラカーナ』のものを採用した。

詩篇

詩集『ウラカーナ』（二〇〇五年）抄

捧げる詩

この詩をわたしといちども寝なかった男たちに捧げます
生まれなかったわたしの子どもたちに
だれも書かなかった詩に

この詩を自分の子どもを愛さなかった母たちに捧げます
だれにも付き添われずに
ホテルで死んだ人たちに

これを壁に落書きした人に捧げます
男に女に
拷問された無名の人に
ついに自分の名前さえ言わなかった人に

この詩を痛みで泣き叫ぶ人たちや
妊産婦たちに捧げます
バスターミナルで市場のアーケードで
叫んでいる人たちに

これを自殺した人たちに捧げます
アンソロジーの中で
忘れられてしまっている詩人たちに
死体を洗う人に
どんな男とでも寝る女たちに
いつもひとりで眠る人たちに
この詩を愛し合って石になってしまう
代母たちや代父たちに捧げます
聖金曜日に椀で水を浴びて
魚になってしまう人たちに
黒鷲になりたかった男に
空を飛べる夢を見る人に

この詩を星が輝く夜の主に捧げます
火の金剛鸚哥に
蠅たちの嘆きに
緑色の雨に
蜜を貯える者に
弟たちの兄弟愛に
泣き顔の仮面に
でこぼこの蝸牛に
四隅の排水溝に
儀式用の葡萄酒を造るため樹皮を集める人たちに

人々が泉へ洗濯に行くときに笛や太鼓を鳴らす人にこれを捧げます
滝で水を浴び菖蒲の水で髪を濡らす女《ひと》に
砂糖黍畑で子どもに乳を与える女に
水たまりの油の中に虹を探す人たちに
腕で歌を創りだす漕ぎ手たちに
雨の中で玉蜀黍《ニクスタマル》を洗う人たちに

水を入れた瓶を頭に乗せ
街道を行く女たちに
蛍を見ている女の子に
手にランプを持つ女の子に
燃え盛る切り株を持って飛び跳ねる子どもたちに
火の上を走りぬけ
死者たちを台所に埋葬し
瓦礫の中で歌う者たちに
瀕死の人たちの寝床で死を欺く者に
星たちとともに燃えてしまわないように丘から下りる人に
死の手を摑んでともに踊る者に
多くの嫁を持ち頭にイグアナを乗せて運ぶ女たちに
暑い土地でアイスクリームを売る縮れ毛の者たちに
明け方の彗星を見分ける海老捕りの漁師たちに
シャツをまくり上げ斧をよこせと言う男に
丸いタマル[*1]やムムとチピリン[*2]のタマルを売る女に
柔らかい玉蜀黍をもぎ取って生で食べ
鶏を盗む犬の脚を縛る者たちに

マラカスを作り
色恋沙汰で人を殺す者たちに
友だちを埋葬するときに墓穴へ入ってしまう者たちに
惚れ込みすぎて屋根から降りられない詩人に
出来ることをする者に
この詩を喫茶店へもプールへもめったに行かず
電話の使い方も知らない人たちに捧げます
銀行へ行ったこともなく
テレビに映ったこともない人たちに
誤字だらけの恋文を受け取る
夜間小学校の女生徒たちに
決して書き始めない詩人たちに
自分の尊厳を飲み干すウエイターに
他人の衣類を洗う老女たちに
意見を述べようとせず
声もあげない女たちに
男の同意がないと幸せになれない女たちに
地面に横たわり群集の中で言葉を呑み込んでしまう者たちに

前掛けを着けたまま眠り
夫が先に射精してしまうとき家事をあれこれ考える女たちに

椰子葺きの小屋の暗がりで起き上がる女たちに
掘建て小屋でトルティーヤ[*3]を作る女たちに
髪の毛が燃えてしまい
スカートが煤で汚れてしまった女たちに
屋根で瓢簞を日に干し
肘掛椅子を持っていない男たちに

ツォツィル語[*4]の歌で子どもたちを寝かせつけ
爪の間に垢をためている者たちに
塵拾いたちに
草むらを刈る者たちに
ノパール[*5]の種を蒔きトルティーヤに塩をつけて食べる者たちに
日中も働く夜回りの男に
毎朝百のベッドを整えたため靴が壊れてしまった女に
海辺でガムを買う歯のない老人に

立ったままトラックに乗ってココアの産地へ向かう者たちに
顔が黒く汚れ
泣き叫んだために耳が聞こえなくなった女たちに

この詩を鎖で繋がれた男に捧げます
殴られた子どもたちに
アルコール中毒患者の息子たちに
他人の幼子たちの面倒をみて自分の子どもには半月に一度しか会わない女たちに
学校で雑巾がけをし自分の名前も書けない女に
孤児院の食卓で食事をする女たちに
どこかのパン屋で竈の側にうずくまる身体障害者たちに
公衆便所を清掃し
夜明けに街路を掃く者たちに
キャバレーで踊ることに
飽き飽きしている女たちに

この詩を他人のために建てた家で死ぬ日干し煉瓦作りの男に捧げます
通夜に来ていつまでも口を閉じたままの詩人に

火山が教会を埋めてしまった夜に逃げだした者たちに
自分の子どもたちを過ぎ去る年月のように
ひとりずつ埋葬してしまった隣人たちに
自分の子どもたちの血を性を売らなければならなかった者たちに
これ以上失う何物もない者たちに
この詩を雇い主の土地に侵入する搾取された農園労働者たちに捧げます
お金の下にトンネルを掘る者たちに
精糖工場に火をつける者たちに
影のない者たちや月のない夜に橋を見つめる者たちに
ゲリラ兵になり山の中で初めて女を知る
十三歳の少年たちに
傷ついたふたりに
禿げた女たちに
オルガ[*6]の袋鼠に
打ちのめされた雄犬たちに

法律で真実が禁じられている国々に生まれる子どもたちに
名前を変えてしまい

何年もの間家族に声もかけていない人たちに
一度も同じ寝床で眠らなかったが
共同墓地に一緒に埋められている人たちに
この詩を死体保管所で首を刎ねられた詩たちの中に
息子を探し求める母親に捧げます
どれが息子の死体であるか分からずに
ひとつひとつを抱いて別れを告げる女に

＊1　タマル＝玉蜀黍の粉を練り、肉や野菜等の具を入れ、玉蜀黍等の皮で包んで蒸した食物。
＊2　ムムとチピリン＝いずれも植物で、その葉でタマルを包む。
＊3　トルティーヤ＝玉蜀黍の粉を練り、薄くのばして焼いたもので、メキシコやグアテマラの伝統的主食。
＊4　ツォツィル＝マヤ族の一部族。
＊5　ノパール＝サボテンの一種。食用に栽培もされる。
＊6　オルガ＝女性の名前。

傾いたうみ

一九八〇年代に、
中央アメリカでは軍政の圧迫から逃れるため、
四十五万人以上もの人々が
家を捨てた
ホアキン・バスケス・アギラール
（一九四六―一九九四）に

水であるわたしは魚たちの渇きを愛する
うみはわたしのものでありわたしは海だ[*1]
わたしは汗であり渇きはわたしのもの
渇きは海に帰属する

木の葉の道を通って
夜が明けることのない海の方へ

猫背を隠す者たちが行く
ショールで火傷を隠す女たちが
音楽を聴きながら泣く者たちが
水を飲みながら泣く者たちが行く

湿った両腕に塩と貝殻の歌を持ち
その歌を涙の出ない盲目の者たちが歌う
それは遭難者たちの
溺死した漕ぎ手たちの
深く沈んだ牢獄の中の干上がった川の歌だ

引く波の中に消えてしまった
者たちの歌
手足を切断されて砂漠の中に
沈黙の瓦礫の中に
錆びついた声が現れる者たちの歌

一匹の黄金虫が村を両前足で持って運ぶ

桃が柔らかいときに降りる霜のように
ヒメコンドルが街路に侵入する
海の質素な庭で
歯が夢の壁を叩く
寡婦たちは燃えている家を捨て
果房を貰いに炭を借りにくる
ベッドを金庫を棺を担ぐ

わたしたちは岩山にいて旱魃を待っている
それはトンネルに変わった洞窟
前の方で鉱坑が開かれ
女が産気づくと兵隊たちがやって来る
兵隊たちは嫁たちを追い詰め
橋の下で猿ぐつわを噛ませる

ひとりの女は口がきけなくなり
もうひとりは話すのをやめた
多くの女たちは喪服を着て何も言おうとしない

落ち込んでしまい黙って岩場まで連れていかれる
母親たちの町から逃れ
娘たちが戻ってくるのを待っている
スイカズラを摘みながらにわか雨に打たれて泣いている
自らの手を火の中に入れ
生きのびた者を看護する

風は夜目覚めるが自分の母親がどこにいるのか
分からない
井戸の蔓は寒さの中で自分の葉を燃やし
出産の練習のために身を摺りつける
女たちは燃えているわが家を捨て
寡婦たちは溺死者の恋人と同じように叫ぶ
溺死者たちの骨は
悪夢の下の峡谷にあり
未だに前掛けを着けている

女は死体に夫の顔を見る

樹木には赤子を背負ったまま
カカオの枝に吊るされて絞殺された
母がぶら下がっている

ある朝海は起き上がったとき首を刎ねられ
海の娘たちは手を切断された

海は拷問にかけられ
傾けられ
水を抜き取られ
あばた面の海底が
曝された

焦げた鳥の味
難聴の手の味
その胴体はただの長い口であり
壊れてしまった肺と簡易ベッドの下の棺桶
娘は年老いて黒いショールを折りたたむ

彼らは海の泡に足を浸し
別の景色を夢見る　なぜなら母が海の泡で
ずぶ濡れになりながら知らない場所へ行ったとき
わたしたちは別の景色を夢見たから

女たちは旅に出るためにクレソンを刈り採り
いつも夜明けに衣服をたたんでいた
漁網で波を濾し
投げ網を繕っていた
そのとき女の子たちは井戸に集まり
椰子の水で髪を濡らす
川で乳房を洗いみんなの気持ちが溶け合う

森はネントーン村[*2]への道のうえに茂り
イスカーン村[*2]への道のうえに茂る
道に埋葬された子どもたちのうえに
ベッドを櫃を柩を背負い

道で生まれた者たちのうえに
亀漁師の孤児たち
魚漁師の孤児たち
孤児の孤児たちのうえに

「彼らはわたしの叔父をも連れ去り
その後叔父からは何の便りもない。
特殊部隊《カイビール》がやって来た。
家具や家族を押しこめたまま家に火をつけた
わたしたちに子どもたちを抱いて
彼らの前を走らせ、走らなかった者は
そこチチュパック村[*2]で死んだ。」

「わたしが家を出てからもう幾月にもなる。
わたしたちはネントーン村から来た。とても軍隊を恐れている。
幾人かの住民がネントーン村を出た。
彼らが住民たちをひっぱり出し、
連れ去ったのだ。

だからわたしたちはとても恐れている。
働くための山刀《マチェーテ》も土地も持たない
者たちがいる。
そしてわたしたちは死ぬ覚悟ができている。
これ以上何をすればいいというのだ?」

薪を買うために毛布を質に入れた女のように
自分の細紐で縛られた良心
疥癬を売って戦争の償いをする者は
蜜蜂のいない都市のために蜂蜜を盗み
樹木を切り自分の影をも切る
夜になって影をやっつけることはできないと気づく

うみはわたしたちの中庭に埋められていて
だれも歌っていないのに歌が聞こえる
夢のようにうみを掘りだそう
すると海から大洋のざらざらした喉から来る羊歯が
水銀から芽をだすだろう

音楽が川の流れを速め
肉体が震える
海はうみの中に隠れ
亀は自分自身の中に隠れる
わたしたちは再び雲になる豪雨であり
波の中に砕ける地平線を苛む
二頭の番いの馬の熱を追う
謎の独白
この一日は灯　かがり火　サイクロン
岩を裂き　欲しいままに
海を貫く根源的激情と呼ばれる
わたしたちは地下のオーケストラの中に
舞踊の萌芽を
音楽の巨大な螺旋を探し求める仔犬だ

Ⅱ

うみは暗闇の中で起き上がるが　海を見たことがない
うみの家には水がない
うみは窓を洗い　海の眼差しを探す

鮭たちの地図はどれ？
どの鮭が海を生んだの？

ある者たちはわたしたちが他人の家へ入りこむために
蛾になるのだと思い
他の者たちはわたしたちが
浮き彫りの墓碑銘を読み解くような策を弄して
隣人の心を読むことができるという
彼らはわたしたちを黒子　葛
カオスの始まりだと
火山の中心を見るための
卵と蜥蜴の顎と話すためのからくりだと思いこむ

彼らはわたしたちが存在すると主張し
わたしたちが存在するとは思わないと主張する　わたしたちは
歌の死体の中に歌の幼虫の中に存在したと
わたしたちが　未だ生まれていない死者たちを齧る
打ち壊された錬金術の寄生虫であると主張する
死者たちはわたしたちが夢をみているとき戻ってきて
生まれでる匂いを嗅ぎ
大地の中に自分の目を探す
わたしたちの動物が夜の中を徘徊し
脱皮し　粘土の中に穴を掘る

彼女は記憶のない部屋で目を覚まし
壁面で踊る影たちに気づかない
見知らぬものに興味を抱き
記憶のない部屋で
眠る皮膚の中の
初めての歌に調子を合わせる

糸杉を倒す腹の中の竪琴
踊る皮膚の中の
葦のささやき
緑の苔、山の洞窟
糸杉を弾く腹の中の竪琴

創造の女神は川の腹の中で裸になる

彼女は水の下
浜辺にいた鯨の中で生まれた
そこで地球が未だ蛹だったとき
月が見つかった
牡蠣の舌のうらで
真珠を　塩分を含んだ韻文を生み
マングローブの根元に初めての洞窟を掘った
塩の味は引き潮の海の唾液だ
父親の口から出てくる女

わたしたちを投げ捨てる時間はうみを家へ連れていった
手のひらで軽く叩いて浜辺を形作った

手の盆地でいくつもの死体に出会い
枝々の皺の中の忘れられた芳香を嗅いで
彼女は沈黙に触れることを
草を抱きしめることを
雨の流れに愛撫されながら寝ることを学ぶ
網に包まれて目覚め
たった今自分の名前を知り
露を桃の綿毛を
塵を花粉を
雨の水甕を探し始める

嵐が休息する蝸牛の中にいる創造の女神
滝での産卵
創造の女神は川で水浴びする
創造の女神は筏にのり　そこへうみが葉を落とす

創造の女神は胸が未熟な木の下の
川で水を浴び
川の腹の中で裸になる

川で水浴びし
河口で流れに逆らって羽ばたくと
塩水が川の味の中に溶ける
水浴びしていると　小舟たちが黒い煌めきの中で夜明けを迎える
そこで石の間に産卵し　休息し
ショールの皺を伸ばす
大地の汗が吹き出し
彼女は代赭の中に足を入れた
鱗が変色する裂け目に
そこの石の間に鮭は自分の跡を残し休息する
潮はためらい　叫び　ただひとりで砂の中に産卵する

木の葉の道を通って
夜が明けることのない海の方へ行く

猫背を隠す者たち
ショールで火傷を隠す女たち
水を飲み　ゆっくりめらめらと
燃えながら泣く者たち
舌で大地を漁る者たち
夜の底で不寝番をし　昼は
洞窟に避難する者たち
耐え忍ぶ者たち

＊1　うみと海＝スペイン語の海を表す名詞には女性名詞 la mar と男性名詞 el mar がある。この詩及び他の詩においても女性名詞を「うみ」、男性名詞を「海」と表示する。

＊2　ネントーン村、イスカーン村、チチュパック村＝いずれもグアテマラの村で、一九八一年から八二年にかけて、特殊部隊《カイビール》による先住民大虐殺が行われたところ。

木こりたちのための夜想曲

「女たちを捕まえるために競技会をしなければならないだろう。そして一番多くの女を手に入れるのはわれらがスルタンだろう。」とひとりの男が示唆した。

「それは素晴らしい考えだ。」と全ての男たちが言った。「でも、どうやってだれが勝ったかを確認するんだ？ われわれは、森の中を走り始めれば、ばらばらになってしまう。だから、捕まえた女たちの数を数えてだれが勝ったかを決めるために、女たちを集めておく方法が必要だ。」

こうして、家々の建設が始まった。家々には、女たちを鎮めるために、閂と南京錠をつける必要があった。サミールは、女たちは髪の毛が長いから、それで木々に縛りつけておくのがより簡単だ、と示唆した。だがチャーマは、以前の経験からして、女たちは男たちとともに森の中を走りまわるほど強いから、二、三人の女を一本の木に縛りつければ、根っこから引き抜いてしまうだろう、と言った。

ファティマ・メルニッシ『ハーレム・ガールフード物語』の「侵入の夢」より

男が酔っぱらって森の中を歩いていると、シパキンテーが夜の道で彼を待っている。男が現れると、彼女は走り出す。男は追いかけてゆき、気がつくと深い森の中へ迷いこんでいる。女は裸になる。男は女を抱く。女は、竈の火のように刺す毛虫でいっぱいの枯れ木になっている。

ムンダ・トストン

1

女がいないので、
男は薪を取りにいく。
もう寒くないから
火はいらない。

＊

ひとりの男がいて森で女に恋をした。
男は出掛けなければならなかったので、
愛したことを忘れないように、女を身籠らせることにした。
男が戻ってきたとき、たくさんの女がいてみんな身籠っていたので、
どれが自分の女だか分からなかった。

＊

男と女が森で愛し合った。
女が寒がり、薪がなかったので男は山刀を取りにいった。
戻ってきたとき、女たちはみんな森にいて、
みんな裸で、身籠っていた。
男は山刀を研ぎはじめた。

＊

木こりが自分の女と林の中で愛し合う。
女は焚火をしたいが、薪を伐るものを持っていない。
それで男が斧を取りに行き、女のことを忘れてしまう。
後に偶然その女と出会うが、女を覚えていない。
そしてその女に恋してしまう。

＊

男が薪を担いで家へ帰った。
女がいなかったので、そこが自分の家なのかおぼつかなかった。

それで薪を伐りに出かけた。

＊

男が夜家へ帰り、林に道を切り開くことにする。
女が木の下で彼を待っている。
男は女を抱きしめ、口づけし、子づくりに励むが、
やがて抱きしめているものが腐った木の幹であることに気づく。

＊

男は森で女を見つけ、捕まえようとした。
女は逃げ、男は後を追った。
追いつくことが出来ず
道に迷ってしまったことに気づいた。
そこから抜け出すために木を伐り始めた。

＊

女が木の中に隠れたので
男は女を見つけるために
森の木を全部伐らなければならなかった。
見つけたとき女は身籠っていた。

2

女はほかの男のところへ行った。
それで薪が不足することはなくなり
竈の火が消えることはなかった。

*

男が女を殴ったので、女は実家へ戻った。
子どもたちは鼠になり、
木々の根をかじりはじめた。

＊

女は目が見えず男は耳が聞こえなかった。
ふたりとも相手がいなくなっても気づかなかった。

＊

男は森に住んでいるが、兵隊たちに追われている。
彼の腕は一本しかなく、
自分の足跡が残らないように
雪がない時期にだけ婚約者に逢いにいく。

＊

男はすべての女と寝たいとは思わなかった。
だが、松を一本残らず伐ってしまったので、
自分の影を隠すところがどこにもなかった。

＊

男は女たちの三分の一を革紐で縛り、
やっとのことで家へ帰り着いた。

＊

女たちは斧の柄で火をともす。
「ここには木々がないから
もう伐らなくていいよ」と男に言う。

3

女には子どもがない。
松の種を蒔いて
木こりたちが来るのを待つ。

女たちは森に住んでいた。
木こりたちがそこへ行き、女たちと松葉のうえで愛し合った。
木が全部伐られてしまったとき、女たちには愛し合う場所も
トルティーヤを焼く薪もなくなってしまった。
木こりたちは別の森の方へ行ってしまった。

＊

夜になって、女は森へ小用をしに行った。
山刀を持った男がひょいと現れたのでとても驚いた。
男は女よりもっと驚いた。

＊

月明かりの下で髪を振り乱している女を見て、
男が震えているのを知ったとき、女は男に消えてしまえと言った。
男は逃げて行き、聖処女が現れたと人々に語った。

＊

男は夜ひとりで歩いていた。
一軒の家へ行き当たり、女が男に何故こんなに遅くなったのかと詰った。
男にはそれがだれの家だか分からなかった。
女にも分からなかった。

＊

まだ夜で
男は道で自分の女と出会った。
「おいで」と女が言ったので、
男はついて行き、疲れてしまった。
男が目を開けたとき、
もう昼で、見たこともない女と
自分のベッドに寝ていた。

＊

男が目覚めたとき、夜の帳が下りていたが、まだ森の中にいた。
女が彼を呼んだので、林の中を彼女について行った。
夜が明けて顔をよく見ると、それは自分の女だった。
彼女もまた彼を別の男だと思っていた。

*

彼女にとって彼は、森を伐ってしまった男たちのひとりだった。
あらゆる土地に子どもを残していくひとりの男だった。

4

娘たちは子を生みに行く。
セイバの木[*1]の下に胎盤を蒔く。

*

女はセイバの木の根元で布を織った。
木こりは我を失い、どの木を伐ればいいのか分からなかった。
「セイバの木一本だけでも残してちょうだい。
そこへわたしの織機を結わえるのだから」と女は男に頼んだ。
女は男から山刀を取り上げ、子を生みに行った。

*

女は山刀で臍の緒を切った。
そしてセイバの織物を持って娘たちのところへ行った。

*

女たちはくり舟の中で子どもを寝かしつけ
子どもが泣き止むと
川底へ埋める
子どもは一度も土を踏んだことがないので

もう戻ってはこない
そしてわたしたちも
一度も歩いたことのないところへは戻れない。

＊

女たちは子どもも
子づくりに励む相手の男もいなかったので
森の中で自分たちだけで暮らしていた。
時が経つにつれて着るものはみな擦り切れ、
裸になってしまった。
身を温めるために森に火をつけた。

＊

女たちは煤で汚れて燠の上で踊った。

＊

煙だけが残った。薪もなく、
斧の楔にする
樫の木切れもなかった。

*

女たちは鍋を灰でいっぱいにした。
空き腹を抱えて
乾いた小川の石ころの上に横たわった。
夢を見ることもなくなった。

*

ひとりの木こりがいて
森のすべての女たちに恋をした。
どんな木の下でも
目の前にあるものを抱きしめた。

薪を作る暇などまったくなかった。

*

ひとりの男が朝顔の茂みの中で道に迷った。
たくさんの女がいて、男はその全部に恋をした。
斧の刃がすべてこぼれ落ちるまで木を伐り倒し続けた。

*

そのとき女たちは男を薪にして
彼とすべての木々に火をつけた。

5

「今夜はわたしたちの寝床を整えましょうか？」
彼女は死んだ後に尋ねる。

彼は女の脚を持った
蛇がほしいと言う。

*

樹皮紙の職人は木の皮に心を奪われ、
それを家へ運んだ。
夢を見るためその上に横たわった。
記憶のように遠くへ、
忍耐のように長く、
物語の蛇が伸びた。
　　　　魔法を
　　　祈りを
川のチョークで神々のために描いた。
樹皮に恋しいものの名前を書いた、
水の流れをたどるサビニ人のくり舟。
糸をすすぐセイバの木の桶。
道の棒切れ。

忘却の甘い棒切れ。
死のように近い。
最後の日のように短い。

＊

木こりは家へ帰るのが遅れた。
彼を待つあいだ、
女は松葉の籠を編み
それらをマドローンの木[2]から落ちる葉でいっぱいにした。
男が帰ってくる前にすべての葉が落ちた。

＊

愛しい男が帰ってきたとき、もう秋だった。
男は子どもたちに藁と苔を

そして草原の歌を持ってきた。

＊

自分の女のことは覚えていなかった。
彼女を彼のすべての娘たちと混同した。
だれも身籠っていなかった。

＊

棘はなかった。
わたしたちは結末も
物事の名前も、喜びも、
わたしたちを愛撫した人たちの匂いも気にとめなかった。
わたしたちは何も覚えていなかった。

一九九八—二〇〇三年、クスティタリにて

＊1　セイバの木＝パンヤの木のことで、熱帯の常緑樹。グアテマラの国樹。
＊2　マドローンの木＝通常マドローニョの木と呼ばれる。幹が赤又はばら色の灌木で、薪として使われる。

クリトリスにつけるアクセント符号[＊1]

いつもあなたはクリトリスにアクセント符号をつけるのを忘れる

文体紊乱女史

女たちは探しはじめる

1

女たちは探しはじめ
ベッドで
喋らない男たちを見つける。
精液と口のきけない男たちを見つける。

精水は出るけれど言葉は出ない。
女たちは愛を
探すけれど
子どもたちにしか出会わない。
男たちは息子あるいは情人と
呼ばれる。
女たちが出産する洞穴を
塗装しに行く。

2

男はベッドで眠らない。
母の胎内で眠った
そして今もう一度そこへ
入り込もうとする。

男たちは　女たちが
出産するときに歩く
川の畔で
母親を探す。

3

わたしは墳墓。
種子たちが
女たちの腹が、
満月がふくらむ。
わたしは太陽から身を隠す。
わたしは雌たちが生まれるのを待つ。
少しずつわたしの顔面から湯気が立つ。

4

そしていつも女はひとりぼっち、

愛することを知らない男とともにいて。

5

そしていつも女は
母が出産したときのシーツを
苦々しい思いで
洗っている。
蜘蛛はベッドに巣を張るが、
夫を持っていない。
飼い慣らされた動物ではないので
苦しみもしない。

6

蜘蛛たちは
シーツの中に露を探す
男は汗を探し

洞穴へ戻る。

7

（わたしの胸の中には寝室があり
そこにはわたしの到達できない昔の愛が
しまってある。）

8

あなたはその人の名前さえ知らないが　潮が洞穴を
占拠するように　その人の体があなたを満たしていく。
あなたの記憶の中へ。
あなたの夜明けの中へ入り込む。
彼はあなたに喜びを与えるのが好き。
野心のない喜びを。

匿名の喜びを。

一度だけあなたたちはともに一夜を過ごす。
何度も何度も
あなたはシーツを日に干して彼を待つ。
これらの機会に彼はやって来ない。

9

何度わたしは夜を徹して旅したことだろう
扇子のX字形の下
今でもわたしたちを待っているいくつもの部屋で
あなたとともに二十分を過ごすために?

10

わたしたちがあらゆるものに名前をつけたこのベッドで
わたしの両脚が航海する。

あなたはいない。
太陽がわたしの腿に触れる。
いかなる口実もわたしの手を止められない。

11

わたしの体にはいつ幾日に
あなたを知ったか書かれている。
どの夜にわたしたちが
その夜をともに過ごすためにバスで
いかなる場所へ行ったか書かれている。

カヌーで、
帆船で、
わたしたちは何かをして
それがいつ終ったのか気づかなかった。

もう小舟が出る。

わたしは舟に乗っている。
あなたの別れの言葉はわたしの体に書かれている。

12

わたしはあなたに詩をひとつも捧げなかった。
水のないホテルで　たった一度だけ優しく
マッサージをしてあげた。
わたしはあなたに何も捧げなかった。
瞬間さえも。
わたしたちは数羽の鳥たちの声を聞くだけ
そして今や。

13

苦悩のもとで、もはやわたしはあなたを愛していないことが分かる。
苦悩のもとで、わたしはあなたが好きでないことが。
苦悩のもとで、もはやわたしはわたしを求めないあなたの両腕から遠いところへ行ってしまうことが分かる。
苦悩のもとで、あなたはわたしを愛していると言わないでほしい。

14

一匹の蛇がわたしに住みついている。
わたしの家の中庭に生える椰子の
木陰に隠れている。
太陽はわたしの肉体の中にある。
わたしの中には大地が、苔が、地衣類がある。
わたしは蛇。
わたしは森の中を滑っていく。
ひとりの女が木々の下を歩く。
わたしはその女でもある。
蛇が住んでいる山の女庭師。
一匹の蛇がわたしの両腕の間で夜を探す。
わたしの腋の下を嗅ぎまわる。

わたしは甘い言葉をささやく。
わたしは蛇。

15

わたしの体の中へ幾人かが入り
他の者たちが出ていく。
わたしはトンネル。
一本の肉の坑道。

16

ミリアム・パニアグアに

わたしは腹の中に風景を持っている。
わたしが夢を見ている間に緑を取り戻す山。
わたしは言いたい、これはわたしの祖母の家だったと。
人々がわたしたちを眠らせながら

明け方のパンを焼いていた祖母の竈。
これらは石だった、
チャヨーテ[*2]がよじ登った桃の木立。
ここには揺り椅子があった。
あそこには井戸がある。

そしてこのにわか雨の匂い。

17

わたしには一緒に眠るいくつもの肉体がある。
わたしには医者に見せる肉体があり、
そしてもうひとつ
わたしの鏡の中にしまってある肉体がある。

あなたは昔抱いた肉体を覚えている?
もはやわたしはあの裸体と同じではない。
それはわたしが起き上がったときベッドに留まり、

他の肉体たちがそれを研磨し、
征服した。

今日わたしはそれを洗った。それを
白いシーツのように日に干した。

18

女たちはそれぞれのベッドで
男でも女でもない何かを
探す。

男たちも出会ったことのない何かを。

＊1　クリトリスにつけるアクセント符号＝スペイン語の単語 clítoris は、l のあとの i にアクセント符号がついて、í となり、ここを強く発音する。
＊2　チャヨーテ＝胡瓜に似た食用植物。

偽名のもとに

（わたしの母がついに出さなかった手紙）

（母を生むのは痛かった
　　死産だったそうだ。
世間で言われている以上に痛かった。
　わたしはますます目が見えなくなっている。
もうシーツの叫びがわたしには聞こえない。
　　　もう痛くない。
　　もうほとんど痛まない。）

1

娘よ、
わたしはひどい母。

おまえに遺せるただひとつのものは
おまえの揺りかごだったこの柩だけ。
わたしを忘れなさい。
それがわたしの孤独への最良の贈り物。
わたしは決しておまえを愛さなかった。
わたしを愛しただれをも
決して愛さなかった。

わたしのやり方でおまえを壊した
他の女たちがテーブルクロスをほぐすように。
それはおまえにこの母を
思い出させるためのわたしの仕事だった。

娘よ、わたしは我慢したかった
けれど、わたしにとって嘘は
夜を照らす偽の太陽。

この命は何のためにある?

2

わたしはおまえにとってただひとりの
この上なくひどい母。
わたしは気まぐれな砂。
わたしの乳房から出る火がおまえの口の中で燃える。
わたしの乳首から溶岩流が流れ出て
おまえの笑いを石に変えてしまった。
おまえが眠ればわたしはおまえを埋める。
夜を重ねるごとにわたしは
火山になる。

3

いつもおまえはわたしよりも背が高いと

感じられた。おまえは中から突き上げた。
わたしの腹の中に収まりきれなかった。

わたしはおまえにお乳を飲ませなかった。
おまえを待っていなかった。
おまえにこの身を委ねなかった。
一度もおまえの手を握らなかった。
おまえはわたしの側で眠ったことがない。
わたしにおまえの夢を話したことがない。
おまえはひとりだった。
いつもひとりだった
死者たちの全ての沈黙がおまえの中に住みついてしまったかのように

わたしの乳房が内側からおまえを噛んだので。

わたしは小麦を蒔かなければならない
風がやって来て
わたしの口を砂で一杯にする前に。

4

娘よ、
わたしを埋めないでほしい。
わたしが死ぬ前に
海へ連れていっておくれ。

わたしの母のことを覚えているだろうか？
海辺の蟹たちのことを？
おまえのお祖母さんだった
冷たいうみのことを？

祖母は心筋梗塞に罹った後で初めて
わたしたちに話すことを許した。

そう、彼女は眠らずに
わたしのリボンに刺繡をし続けた。

針が刺さって痛いとこぼしていた。
日本人が食べる
有毒な魚のようだった。

わたしは海にさよならを言いたい。

5

おまえの中をわたしの愛で満たしておくれ、
おまえの中にわたしの墓を入れておくれ。
泣かないで。
だれもわたしを愛さなかった。
（わたしが愛そうとしただれもが）

密林の少女たちは
口をケーキで一杯にして

埋められる。

6

わたしにはどうしようもない、娘よ。
鍼治療も、詩も、
自殺さえもおまえをわたしから救えない。
わたしは一度もおまえを愛したいと思わなかった。
わたしも同じ目に会った。
ただ単に
わたしは愛するのを忘れただけ
他の母親が、錠剤を飲むのを、
歯を磨くのを、
電気代を払うのを忘れたのと同じように。

7

わたしはほんとうにひどい、娘よ。

わたしはおまえに全ての激怒を、
酩酊を送る。
おまえの心臓の中に
わたしの母性愛の短剣を埋める。

8

おまえはその体の中に古い火傷跡のような
わたしの遺恨を持っている。
おまえは腹の中にわたしの死体を持っている。
わたしはおまえの夜の窓から顔を覗かせる女。
ナイフを持って戸口から侵入する女。

わたしは死んだ女の咳をしながら入る。
大笑いでおまえから夢を奪う。
おまえとその夫との間にわたしは寝て
おまえの鼻持ちならない裸体を
陽の光のもとに吊す。

わたしはおまえのもの、娘よ。
鏡の中にわたしを見なさい。

わたしは死に口づけし、
　乳を与える。
わたしの腹の中で
　みんなの母が成育する。
　母は海のように
甘くわたしにささやく
最後の眠りに
　つくときに。

わたしが男だったとき

ホセ・アンヘル・ロドリーゲス、ヘラルド・オルティース、ジョヴァンニ・プロイエティス、
ジョン・オリヴァー・シモン、ファン・ブラスコ、ファン・アッセンシオ、ジャック・ハーシュマン、
パウル・ランドリー、ロドリーゴ・ヌーニェス、ホセ・マルティーネス・トーレス、
カーター・ウィルソン、ジョン・バースティン、ホセ・イグナシオ・ルイス・デ・フランシスコ、
ウィリアム・ブレイク、パンチョ・アルバレス、アユーブ・バルケッ・ロペ、ペドロ・アルバレス、
ミゲル・アンヘル・エルナンデス、エラスト・ウルビーナ、エセキエル・ロブレス、
フランシスコ・ペリッツイ、デルフィーノ・マルシアル・セルケーダ、ニコラース・デ・パス、
ホセ・ルイス・エルナンデス、ラウール・カスティーヨ、ジャック・ケロアック、
ミゲル・チャンテアウ、ハシント・アリアス、リチャード・クラマー、リチャード・リー、
アンドリュー・ムーアー、ミゲル・コマーテ、マルコス・アラーナ、セサル・メラース、
ロベルト・ラウリン、ウンベルト・ペレス・マトゥス、エルマン・ベリングセン、
ミゲル・アンヘル・ゴディーネス、チャールス・ブコウスキー、ハビエル・モリーナ、
ラウル・ガルドゥーニョ、ハイメ・サビーネス　及び　ホアキン・バスケス・アギラール、
兄弟たちとミューズたちに

わたしは男だったときサン・クリストバル[*1]に住んでいた。山の上、南の、グアテマラとの国境、人々が竪琴を弾くところ。昔のマヤの白い道の十字路に。わたしは石畳の街路を歩いた。霧の中を歩い

た。幾度も恋をした。

今わたしは女なので、タクシーに乗ると運転手が尋ねる。

「あんたはこの土地の人じゃないね?」

「わたしは誇り高いメキシコ人よ。」とわたしは答える。

「あんた、メキシコ人と結婚したね?」と意地悪く言う。

「ええ、いろんな男と。」


わたしには銀のマスクを着けたプロ・レスラー、エル・サントと結婚した友だちがいる。彼女は彼が出る映画には必ず出演した。美人で金髪。今や彼女は名の知れた作家だけれど、けっしてこのレスラーのことを書かない。けっして自分の別の人生のことを話さないわたしに似ている。祖母が家族に流れているチェロキー族[*2]の血のことを訊かれると話題を変えてしまうように、わたしはチャッタノーガ[*3]にいる叔父のことを話さない。

「彼らは上品それとも普通?」店の女主人は知りたがる。入浴する者あるいは体臭の強い者にとって、カスティーヤの石鹸は上等だ。

お金の匂いは肌を白くし、偏見を和らげ、客の品位を高める。

「そのとおり、でもきみは彼らの歯医者へ行くでしょ? 彼らにきみから血を氤を娘たちを取らせるでしょ? きみはレスビアンが書いた小説を読むでしょ?」

*

「はい、そうです、何年もの間わたしはここへ来たり、向こうへ行ったりしていました。わたしはここの生まれではありません。たくさんの男たちと寝ました。今街で会う、向こう側の歩道をわたしの方へ歩いてくる男たち。何人かは、暗闇の中裸で抱き合ったことがある人だと分かります。今はもうほとんど会いません。

はい、ひとりひとり覚えています。同じ名前の男《ひと》が多かった。不思議ですね。言葉を交わさなくても、二区画離れたところからでも、それがRという人かどうかすぐに分かりました。

Rというのは歩き方、まなざし、偉大な民族のひとつ。Rたちのうちのひとりはわたしの最初の男でした、わたしがここへ来たとき別れてきました、それで彼は二十年もわたしを待って、ついにわたしと同じ名前の女《ひと》と再婚しました。ムンダという名前の人と。本当です。わたしはそんな生き方をしてきました。

アルファベットを全部体験しました。Aという男たちからBという男たち、Cという男たちまで。Dはマホガニーの匂いが、Fは甘い煙草の匂いがしました。Hは塩辛い味でした。Jたちはベッドの中で歌をうたう癖があり、Kたちは詩を朗読しました。Lは暑い土地のハンモックに寝ていました…。

なんとかして彼らの名前を思い出そうとしています。昇りつめる瞬間Nの名前を呼ぶかわりに、間違えてMと叫んだりしたら大変ですから！　物事を込み入らせないように、いつもRにしています。わたしは彼らにとても誠実でした。全ての男たちに。

タクシーの運転手たちがわたしの結婚問題に触れてくると、わたしはそれ以上質問させません。わたしは黙りこみ、彼らに言葉を呑みこませます。けっして彼らの胸を焦がすようないやらしい質問はさせません。」

「あいつのあそこの毛は何色かね？」と先住民たちがわたしの方を見ながら運転手に尋ねるのをわ

たしは聞いた。

わたしは少年だったとき金髪の女が好きだった。今は大人になったので、白人女たちはわたしを「黒」と呼ぶ。わたしが娘とその母と一緒に街を歩くと、みんな娘が白か黒か確かめようと振り返る。

＊

革命的だと思っていた人たちが、多くの場合固定観念に囚われてしまっているのには驚かされる。

ある人たちはわたしと実際に知り合いになると、憤慨して言う、「あんたはほんとにムンダ・トストン？」

わたし自身が本当のわたしを誘拐してしまい、だれか他の人になったかのように振舞っているようだ。

文通していると、わたしの顔を見、わたしの声を聞く前に、彼らはわたしを好きになる。わたしに会いに来る。何度もわたしの家の戸を叩く。伝言を置いて帰っていく。

顔を突き合わせてみると、わたしは彼らがわたしの青い目が気に入らないことに気づく。わたしの訛りが彼らの気にさわる。彼らは怒ってしまう。

(街を歩いているとき、彼らはわたしたちに挨拶しない。「こんにちは」とも何ともいわない。わたしたちが犬であるかのように。)

ガッシュ*4の推理小説の中でわたしたちはみんなテロリストだ、そして左派の友だちの多くにとってわたしはCIAだ。その上、彼らによれば、わたしは金持ちだ。彼らはわたしに、尻に短剣を突き刺すような憎悪の目を向ける。人種差別の匂いがする。リンチを加える者たちの恨みではなく、子どもたちを陵辱する者たちの侮辱だ。

「あんたはどこから来たの?」と彼らはわたしに尋ねる。

「どの世界《ムンド》、どの地域《ムンダ》から?」

ある夜、泥の家でひとりの先住民の女が、動物を飼い慣らすようにわたしの体中を撫でまわした。

「あんたは女だよ」とついに彼女はいった。「子どもだって生めるよ。」

わたしは、植物から動物へ、大地へと移動する鉄の原子に乗って旅をする。

黒い蝶の群れが町の中心部の街灯の周りを巡る。それらは死からの挨拶を運んでくると言われている。その命は一夜限り。羽の動きが止まり、車両に押しつぶされる。

わたしがここへ来たとき、この町には車が二台しかなかった。その頃わたしの歯は丈夫だった。交通量が増すにつれて虫歯が増えた。わたしの微笑の荒廃は建築物の破壊を反映している。歯から歯へ、石から石へとわたしたちの崩壊は進んでいく。大聖堂の地下に駐車場が造られたとき、悪魔が自らわたしの歯を治療した。

世界が始まったとき、神々がサン・クリストバルに住んでいた。そこで生命の木が生まれ、歌が、詩が、絵が芽吹いた。貪欲と乱痴気騒ぎが。生命の木が切り倒され、聖なる木の血が溢れだし、生命力が流れだす中で時間が現れた。過去と未来が生まれた。

わたしは男だったとき、カフェ・セントラルへ白人女をひっかけに行った。青い目の金髪女が後ろのテーブルで琥珀を売っていた。彼女はそれを籠に入れていた。それはチャムーラ[*5]の少女たちが腕輪を作りはじめるずっと前だった。フランス女たちはピアスを買い、イタリア女たちはネックレスを買った。マヤの人たちは邪悪な目の病気を防ぐお守りを探した。赤い琥珀の手、心臓。

「あんたは先史時代の蜘蛛を見たいの？」と白人女がわたしに尋ねる。彼女は琥珀の中に捕まっている小さな蝶を見ている…これは売らないわよ。光の中を飛んでいる様子が見えるかしら？

＊

チアパス行きの飛行便が遅れている。パイロットたちがストに入っているのだ。飛行機は地上に止まったままだ。わたしの女友だちとわたしは空港の絨毯に一晩寝た。朝になってからファウスタという女に電話して、彼女の家でシャワーを浴びさせてもらえるかどうか尋ねた。「いらっしゃいよ、マリファナのいいのがあるわよ。」と彼女はキリスト教徒らしくわたしたちを招待した。わたしたちは通りで流しのタクシーを拾った。

「金髪のお客さん、どちらまで？」と運転手が尋ねる。

「チアパスまでお願いします。」わたしは笑いながら答える。

「よし、行きましょう。」

女友だちとわたしに、この考えはとても素晴しく思えたので、そうすることにした。

「飛行機代の半額の料金でいいですよ。俺にも旅は気晴らしになるから。」と男は愛想よく言った。

メキシコ・シティを出たときはもう遅かった。プエブラ[*6]に着く前に日が暮れた。「何かのときのために」と運転手の義弟がついてきた。だれもしゃべらなかった。暗がりの中で鏡にぶら下がったプラスティック製の頭蓋骨が光りはじめた。とあるガソリンスタンドに立ち寄ったとき、わたしはタクシーの座席に血まみれのされこうべの模様がついた赤と黒の布が張られているのに気づいた。

女友だちとわたしは顔を見合わせた。アドレナリンで血管が凍りついた。何とか神経を鎮めようとしていると、彼らは六個入りカートンを買ってきた。そこはもうベラクルス[*7]だった。ビールはどうかと勧められたが、いらないと断った。

高速道路を走る車はほとんどなかった。密林の中の一本道で、真夜中の生ぬるい風が吹き、蟬が竪琴を奏でていた。

善と悪との国境は地理上のどこにも存在しない。それはソルジェニツィンが言ったように、人間ひとりひとりの心を分断しているのだ。

「先住民はみんないい人よね、そうでしょ?」と女友だちがわたしの耳元でささやいた。

「最高にいいわよ!」とわたしはXやYやZを思いだしながら言った。

タクシーの運転手が、彼の両親は別のある言葉を話していたのだが、恥ずかしがってそれを彼には教えなかったと語りはじめた。彼らは田舎を捨ててメキシコ・シティへ来て、荷役の仕事をした。運転手は自分の生い立ちを語りはじめた。国際空港で知り合ったばかりなのに、わたしたちは一緒にサン・クリストバルへ向かっていた。そこがこんなに遠いとは知らなかった。

一晩中わたしたちは暑い大地を走った。蟬たちの交響楽、おぼろな星空、燃えている砂糖黍畑。目が覚めたとき、海岸線を走っていた。マンゴーが熟す季節だった。

「前世では、わたしの髪は黒かったの」と女友だちが大きな声で言った。「髭を生やした、文盲の若者だった。ゲイが怖かった。ええ、よく覚えているわ!」

運転手はとても多くの先住民の男たちが山刀や鋤を持っているのを見て、驚いていた。頭にイグアナを乗せている女たちにも。彼は、高速道路に出たのはこれが初めてだと告白した。はやく首都へ帰りたがっていた。

*

「ええ、わたしはずっと前に、どこへ行こうとしているのかも分からずに、ここへ来たの。わたしたち遠くから、とても遠くから来たの。あなたのと同じようなタクシーに乗って。焼けつくような太陽の下、トゥクストラ[*8]で止まったの。そして、サン・クリストバルへの道を尋ねたの。」

老人が山並みを指差しながら言った。「ああ、高原の都市までは一時間半かかるよ。あそこには林檎や寒い土地に咲く蘭があるよ。苔と樫の山々も。呪術師たちが香を焚いているよ。あそこではみんなが詩人だそうだ。そうではないと証明されるまではね。」

わたしは男だったとき、けっして女を犯そうとは思わなかった。わたしは犯されたいと思っていた。サン・クリストバルで拾えるようなフランス女たちにわたしを愛撫してほしかった。知り合ったひとりの女が住所を教えてくれた。彼女はメキシコ共和国中をヒッチハイクして回っていた。たったひとりで、大きなトラックを捕まえて。

わたしは少女だったとき、マリーア・エマ[*9]はチョコレートで出来ていて、わたしはバニラで出来ていると思っていた。月日は時計の針と反対の方向に回り、数字はとりどりの色に染まっていた。恋する女たちに子種を植えつけるひとりの神がいた。彼の舌はわたしの体中、クリトリスまで這い回り、その間わたしは天使たちに祈っていた。

＊

わたしがいつ頃男だったのか覚えていない。覚えているのは娼婦になるため女になりたかったということだけ。白人女たちがわたしを愛撫するためにお金を払ったのは確かだ。

＊

雲のようにわたしは変身する。サン・クリストバルはわたしの蛹。飛べるようになるまでに、わたしは何年ここにいなければならないのだろう?

＊1　サン・クリストバル＝メキシコの南東部、グアテマラと国境を接するチアパス州の都市。一五二七年の創設以来一八九二年まで同州の首都だった。正式名はサン・クリストバル・デ・ラス・カサス。
＊2　チェロキー族＝米国の先住民の一部族。
＊3　チャッタノーガ＝米国、テネシー州の都市。
＊4　ガッシュ＝米国大統領、ジョージ・ブッシュを指す。

＊5　チャムーラ＝メキシコ、チアパス州の先住民、チャムーラ族の村。
＊6　プエブラ＝メキシコ、プエブラ州の首都。
＊7　ベラクルス＝メキシコ、ベラクルス州の首都。
＊8　トゥクストラ＝メキシコ、チアパス州の首都。正式名、トゥクストラ・グティエレス。
＊9　マリーア・エマ＝女性の名前。チョコレート色の肌をしている。

わたしたちが床につく前に

　　　わたしはわたしが自分の墓の側に座って
死んでしまったわたし自身と話しているのを夢想する。
　　　　　そしてまた毛布に覆われた
　　　　　　ベッドの中にいて
　　　　　　　わたしの死と
　　　　　　　　戯れながら
　　　　墓の中にいるわたしを。
　　　　ムンダ・トストン

死はあなたがセックスするのが苦手かどうか、

あなたが禿か、皺だらけか、善良かどうかなど
　まったく気にとめない。
　死はとても控えめだが、
　　常に決然としている。
メロディーア・ラミーレス

わたしは彼女に小話を聞かせ
わたしたちはいっしょに笑う
わたしほどあなたを愛している者はいないと、
　　彼女はわたしにいう。
彼女はわたしの抜け落ちた髪の毛に、
わたしのなくなってしまった生理に、
わたしの記憶の亡骸に執着する。
また逢いましょうと

わたしは彼女にいう。
またそのうちにと。
これらの夜のうちに一度
彼女はわたしをいっしょに連れていく。
嫉妬ぶかく彼女は待っている
わたしが虫歯になって疼くのを、
わたしの乳房が切り取られるのを。
決してあなたを捨てないわと
彼女はわたしにいう。
彼女は一度だってわたしに誠実ではなかった。
でもわたしたちは二人ともわたしが彼女のものだと知っている。
永遠に。

通夜

今日長い苦悩ののちにわたしたちの愛が死んだ。
太陽と満月が弔問に訪れる。
ムンダ・トストン

海が弔意を表しに来るだろう。
わたしたちが裸で水浴びしたうみ。
樹木が、山々が、泉が来るだろう。
わたしたちが歩いたすべての道がわたしたちの愛に
別れを告げに来るだろう。
わたしたちが住んだ家のどれもが今夜ここにあるだろう。
わたしたちが愛し合ったベッドがみなここに現れるだろう。
愉悦の叫び声。
そして戦いが、
涙が、

生まれなかった子どもたちまでがわたしたちとともにいるだろう。
　あなたがわたしに贈ってくれたすべての花が
　いまわたしたちの死者をつつもうとしている。
わたしは心の中であなたの名前のついた遺体を洗い、
灰を身に纏うところだ
あなたとともに
　わたしたちの最後の夜会をとり行うために。

一九九八年七月二十二日

特殊なしるし

人肉食いの残忍な愛は
生まれたての赤子の空腹に巣食う

ムンダ・トストン

口から性器にかけて
わたしには古い傷痕がある。
肉の下、内部の
男たちが入りこむところに。
わたしはそっとひとりで裸にならなければ
ならない
満月をその面前で
癒してあげるために。
わたしはブラウスをはだける。
わたしは窓を開けたまま寝る。

光はわたしの胸に
舌を差し入れる。

その白さが傷を清める。

わたしは月に身を曝す
内部でわたしを傷つけている
ひとりの男の
痛みを癒すために

わたしの体の中には
ひとりの父がいる。

父は記憶の中で
わたしを怒鳴る。

やめてとわたしは何度も
懇願するが、

父は冷たい水のように入りこみ、
その剣でわたしの尻の穴を突き刺す。

わたしは何度も排便するが、
彼はわたしの腹の中に入ったまま。

暗い快楽のサナダムシのように
父はわたしの痛みに張りついている。

月は母のようにわたしを癒す。
わたしの両脚の間に

香油を塗る。
陰門には薄荷を。

父はわたしの揺り籠に
蛆虫をばら撒く。

父を起こすと彼はわたしを怒鳴る、
眠りをさまたげる寄生虫めと。

シーツの中で呻いている
一匹の怪物がいる。
戦慄が寝具を韜る。
怪物は母とも寝る。

わたしの尻に侵入し、
わたしが嫌がるところへ深く入り込み

許しがたい快楽を
わたしに与える。

月が地球から引き離されたとき
海のように大きな傷痕を残した。

わたしは両腕に愛する仔犬を抱いている、
それはわたしの裸の肌にくっついた琥珀色の
動物。

その仔犬をわたしの心から引き離したところに
この痣が残った。

暗闇の中で
男たちがそこを触る。

わたしはその夢の死体の中の
長い傷痕。

クリトリスは
肌を這いまわる舌

口から
性器まで。

父はそれを思い出として残し、
記憶に入れ墨をした、

岩に彫られた悪夢、
洞窟の中の落書きのように。

わたしは言語に絶する祭典の
夢を見る、

最高位の聖職者が
わたしの両脚を開く夢を。

これらはわたしの恐怖の叫び。

黒曜石のナイフで
父はわたしの内部を切り刻む。

やめて　やめて　やめて。

洞窟の奥には足跡があり、
先祖の手が

夜の石塀に
血を塗る。

この父性愛の化石、
この傷痕

わたしがとても愛するその傷痕は
わたしのもの。

それはだれにも
見せない。

二〇〇二年八月十九日
サン・クリシスにて

母との最後の情景

わたしはわたしの中にこの恐ろしい死んだ母を抱えている。
その記憶の絞殺された死体。
ムンダ・トストン

わたしたちはルチャ・レイエスの映画を見ている、
テレビの前でビールを飲み
おしゃべりしながら。
あなたはあたかも過去のことであるかのように
あなたの埋葬についてわたしに話す。

死の浜辺でのあなたの遭難。
ルチャは飲みかつ歌う。
あなたは泣いている。
ルチャの娘は海に面した窓辺で
祖母の側に座っている。
祖母はスパンコールのペチコートに刺繍している。
もうほとんど出来上がっている。

ママはトイレに閉じこもっちゃったの、

と娘は言う。

　きっと具合が悪いんだわ。

ドアの向こう側から叫び声が聞こえる。

　薬を持ってきてって言われたの、

と娘が言う。

あなたはビールをもう一杯飲み干す。

あなたは瓶の中を覗く、母よ、

中に伝言を見つけ出そうと

するかのように。

祖母は薬局の紙を見る。

カメラが文字をクローズアップする。

紙には毒物という言葉が見える。

この間わたし梁で首を吊ったの、と

あなたは説明する。

隣のお節介な女《ひと》が今度も

紐を切りに来たの。

外へ行こうよ、と

祖母が言う。

おまえのお母さんのこのスカートを仕上げなけりゃならない。

それなのにここの家の中には灯りがない。

あなたはいつものように、

トイレへ行くために

起き上がり、

転んで、

空の瓶たちを壊してしまう。
あなたはののしる、隣の女を、
あなたを愛していないあなたの娘を、
決して尽きることのない
穢れた女の
この海を。
スパンコールは
溺死者たちのうみの

水の
色をしている。

娘はそれを田舎風の中国服に
縫いあげるのを手伝っている
もうすぐ出来上がるところだ。

　終りが大切なんだよ、と
あなたは
ドアの向こう側から

叫ぶ。
祖母は針に
糸を通して、
娘にそれをわたす、小さな声で
言いながら、

動物が深傷を負っているときは、いやでも
息の根を止めてやらなけりゃならないんだよ。

——二〇〇二年十月十七日
ソピロテにて、一九九二年の母の日のこと

信仰

アユーブ・バルケッ・ロペに

——わたしは熱望の路地で聞く
物質のひそかな震えと信仰の足音を。
——ソーラブ・セペリー

どの蜘蛛も奈落へ吹き飛ばされて巣を張るとき
秘密を聞く。

大気は信仰の神殿である。
信仰の翼はわたしたちを飛び立たせる。
その波はわたしたちを夜の向こう側へ連れていく。

光の筋。
音楽の縦糸。
大地の声が信仰のタンバリンの伴奏で
歌を詠唱する。
一叢の藍。
星々の画布。
生命《いのち》は死のこだまに照らされた月である。

2

信仰は新たな友の視線だ。
顔のない暗闇の中の
愛する人の汗のように
とても甘美な
香の煙。

3

信仰は布を織るために
紡錘《つむ》に巻く最初の糸だ。

4

少女は蜂鳥を解き放つ。
彼女の目はそのまなざしにより
信仰と臍の間で
一本の新しい糸を
紡ぐ。

5

一本の瓶が内部に信仰を抱えて泳ぐ。
その伝言はハリケーンの中に書き記される。

6

信仰には雨の起源が見えず、
溺死者の視線の中の恐怖を知らない。
足取りだけが生まれ故郷の名前のない海で裸足になる。

ウル[*1]の女

わたしは世界最古の博物館だ。
わたしは今しがた略奪された。
わたしの書物は焼かれてしまった。

わたしの顔は床に打ちつけられた。

わたしは写真の中で
銃をつきつけられている女。

わたしは地面に打ち倒され、
後ろ手に縛られている。

かれらはだれもが与えられないものを求める。

アレキサンダー大王[*2]は石油を欲しがらなかった。
大王は　わたしの川に挟まれた果樹園が
すでに古びてしまったときに
わたしの桃を賛美した。

わたしは庭園。

最初の女と最初の男。

文字の母。
最初の律法。
最初の都市。
わたしはだれもが訪れた場所。
夜明けと出発点。
わたしはパンを考案した。
小麦を創り出した。
羊毛、葡萄酒、蜂蜜。
わたしはアーチと丸天井、

鋳造の失われた蠟。
すべての歌の中の歌
わたしは信仰だった。
わたしはあらゆる宗教。
すべての戦争でわたしは凌辱された。
わたしの子どもたちはわたしの胸から奪い去られた。
わたしは敷石の上に打ち倒されている。
わたしは大地。
目覚めてから

何時間も
わたしは
モザイクの赤を見ていた。
今わたしは自分がどこから来たかを思い出している。
わたしは渇きだ。
向こうから彼らがやって来る。
彼らの長靴の響きが聞こえる。

二〇〇三年九月十八日

＊1　ウル＝旧約聖書で、アブラハムの生地とされるメソポタミア（現在のイラク）の都市で、紀元前三〇〇〇年頃に創建された西洋最古のもの。
＊2　アレキサンダー大王＝（前三五六―前三二三）マケドニア王フィリッポス二世の子。二十歳で即位、ギリシャを支配し、シリア・エジプト・ペルシャを征服。さらにインドに攻め入ってバビロンに凱旋、翌年没。彼によってギリシャ文化は遥か東方に伝播した。

ミス・ゲーラ*

戦争の女王が、早いとこやっちまうよう
勧めるためにわれわれを呼びだした。
留守電に伝言を、
海辺に石油の染みを残した。
われわれは彼女に数ダースの長い腕を送った。
拷問でひき剝がされた爪。
ひとりの母親の顔。
　ペルシャ語から翻訳されたひとつの詩は
十年間そして更に五十万年の間
おまえにのしかかる。
　戦争の女王は湯水のように金銭を浪費するが、
病人たちを治すことにも
盲人たちを教育することにも関心がない。
　ミス・ゲーラは文字が読めない。

小切手に署名することさえできないが、
とてもうまくやっている。

葬儀社の扉を開く。
商売をし、支店の系列を
作る。

　おまえ、何を気に病んでいるのか？
重要なのは
金銭の女神のクリトリスを刺激することだ。
彼女がおまえに報いるまでやるんだ。
押さないでくれ、若いの、戦争の女王はみんなのものだ。

—戦争を一ポンド分くれ
相棒よ、付けにしておいてくれ、
そいつをおれに卸値で売ってくれ。

内戦？

民族浄化?

　—女王よ、お好きなように。
　われわれはあなたに与えられる
　いかなる機会にも
　あなたの命令に従います。

親父さん、どうか、ぼくに戦争を売ってよ。まだ、ある?
もう、売り切れた?
もっと、もっと
もっと買ってよ!

　小僧、戦争がいくつ必要なんだ?

戦争の女王はわれわれに尻を差し出す。
われわれは女王の乳房をつかむ。
図書館が炎を上げて燃える。
学校は兵舎になる。

病院は死体置き場だ。

しかしながら（ここでは将軍は誇り高い顔をしている）
われわれはただ女たちを凌辱するだけだ、
スペイン系の者たちを
そしてゲイたちを。

—淑女、紳士諸君、人々に戦争状態にあることを思いださせるのを
お許し願いたい。
何事にもカネがかかるのだ。

軍隊は服従する。
兵隊たちは命令されると
買収する。
戦争の女王は
われわれの顧客たちによって
民主的に選出された。

いつも彼らは正しいのだ。
淑女、紳士の皆様
ミス・ゲーラは
われわれとともにある。

二〇〇四年三月八日

＊　ミス・ゲーラ＝ゲーラはスペイン語で戦争の意。従って、「ミス・ゲーラ」は、「ミス・戦争」あるいは「戦争の女王」の意。

女の死体売りますよ、奥さん…

みんな今日のだよ…
この肝臓をご覧よ。

この心臓を！
シウダー・ファレス*の焼き立てのパン。

労賃は安い。
ウイチョル族の労働者の
血の中には鉛が入り込んでいる。
マラリアを撲滅するためには
多額のカネが必要で
インディオたちにはとても払えない。

（だが、もうわれわれはいやなことは考えない。）

現実的でなければならない。
賢くなること。
われわれはマヤ人たちの秘儀に特許権を与える。
雨が降ると傘を売る。
だれかが死ぬと墓穴を賃貸する。

彼らは放尿するためにカネを払う、
渇きのためにも、塩のためにも。
われわれは太陽を民営化する。
空気株式会社。

（そこへ太った魚が
拡声器を持ってやってくる）

株主たちは、エイズのワクチンは症状を軽くするための
医薬品のようには儲からないと考えている。

糖尿病はいい商売になるし、コレステロールもそうだ。
ミス・ゲーラは平和を売り、
テーブルの下で足を使い、くちゅくちゅおまえをいじる。

＊　シウダー・フアレス＝メキシコ合衆国チワワ州のアメリカ合衆国との国境に位置する都市。

詩集『ムンダ　第一のムンダ』（二〇一四年）抄

わたしはムンダ

わたしの名前はムンダ。ここの生まれではないの。わたしは頑固者よ。わたしの惑星ではみんなが頑固一徹。わたしの惑星でわたしたちは新しいことをするのが嫌い、わたしたちはとても古い家系で、大昔から呪術師の血を引いているの。いつもわたしたちは正しいの。すべてにおいて。本当にわたしたちは正しいのよ。たとえ不法であっても。わたしたちは神様のプロンプターなの。リアルタイムに何を言うべきか思い出させるために、スクリーンに現れる光る言葉をわたしたちは書くの。

物事を行うのにたったひとつの方法があって、その方法がわたしたちは好きなの。だれでもたったひとつのやり方でしか愛し合ってはいけないの。わたしたちほかのやり方は嫌い。ほとんど何もかも好きでないし、今までに一度も好きだったことはないの、わたしたちは欲しいときだけ好きになり、**そうなると、今すぐ**でなければならない。完璧で、お米の中に黒い粒があってはならないの。

わたしたちは時間厳守で、電話の声が一秒ごとに時間を知らせるの。わたしは朝早く起きて鶏を目覚めさせ、夜明けを導くの。日干し煉瓦を作りながら休息するの。わたしはとても働き者で、だれもわたしほどよくは働けないわ。すべてが完璧であるように、苦痛を感じないように働くの、仕事は麻酔の役目を果たすから。わたしたちは完璧だからわたしたちに苦痛を与えるものは何もないの。わたしたちは仕事に、完遂のために没頭するの、何はともあれ、目的は没頭することで、執念は死ぬまで終わることのないオルガスムなの。没頭は何か麻薬の衝撃のようなもの。わたしたちは習慣に取りつかれ、早朝三時に鶏たちを起こし、午前四時に瞑想に入り、二、三時間静寂の中にいて、それから三つの原稿を書き、三十分走り、他の鳥たちを目覚めさせ、世界を管理下に置くために五つの新聞を読むの。すべてを管理下に置くために。わたしたちの空間。わたしたちの空間を尊重してほしい。管理下に置くの。完璧に。わたしたちは批評家、難癖をつける者。神様の品質管理者。

わたしたちは神様と親しい口調で話し、他の者たちをあざ笑う。わたしたちは言葉を弄ぶ者、皮肉を振り撒く者。わたしたちはこの惑星で最高の存在。わたしたちの役目は秩序を維持し、他の者たちにすべてについて忠告することなの。わたしたちは神様の白い親衛隊で、わたしたちが口やかましく小言をいうのはあなた自身のためなの。そのために、わたしたちの眼差しはあなたには怖いものなの。それだから、人々はわたしたちが野生の雌狼であるかのように、わたしたちに近づかない、でもセックスはわたしたちを魅了するの。わたしたちはそれを大いに楽しむの。オルガスムを感じるようになるのは容易でないけれど、わたしたち、何事も、完璧にやりとげるわ。ベッドを壊すほど激しく愛し合い、大声を上げ、すべてをすべてを味わいつくすの。わたしたちのパートナーたちも、最初はわたしたちの火山のような激しさを怖がるようだけれど、大いに楽しんでいるわ。わたしたち汚物、糞、堆肥で吐き気を催すことはないけれど、絶えず熱い、熱いお湯を浴びているわ。率直すぎて人を傷つけるほどよ。わたしたちは権力者。命令するのが好き。人から命令されるのは嫌い。ああせいこうせいと言われるのは大嫌い。わたしたち指示に従うことが出来ないの。耳を傾けることが出来ないの。何事にも。わたしたちは自信満々。だれの助けもいらない、すべてを知っているから。すべてを。槌で叩く、錐で穴を開ける、鋸で切る、自動車、庭園、正書法。わたしたちの両親は権力振るう人、去勢する人だった。わたしたちも権力振るう女、去勢する女。両親と同じように残酷なの。わたしたちは法律を守り、借りたお金は期日にきっちり支払うの。期日にきっちりと。わたしたちは訓練されているの。わたしたちの惑星では、幼いときから責任と義務が課されるの。わたしたちの惑星では幼年期はないに等しいの。わたしたちは知ったか振りで、完全主義者で完遂主義者で純粋、木綿とリンネルの衣服が好きなの。果物と野菜を食べるの。わたしたち自然食品主義者よ。ラン科植物主義者！　わたしたちはナルシスト。賞を取るのが好きで、競うのが好きで、そう、わたしたち輝いてる、けれど偽りの謙虚さを装うこともあるの。わたしたち注意を引くのが好き。わたしたち自立している。解決を求め、強くとても強く、せっかちで、怒りっぽく、魔女の顔をしている。わたしたちは情熱的で、衝動的。それがわたしたち。そしてそれはみなあなたのためなの。世界の幸福のためなの。わたしたちは奉仕するためにいる。あなたのために何が最善なことかをわたしたちは知っているの。

わたしはムンダ。わたしの趣味は世界を救うこと。わたしはすべての問題を解決することが出来る。あなたが抱えているすべての問題を。あなたは、わたしが言うこと以外は全く何もしなくていいの。

いつもいつでも
完璧に
ムンダ・トストン

わたし地下鉄で生まれたの

母は歩行者だった。公道で生まれて歩き回るのが好きな母だったわ。わたしは笑いの信奉者。世界で最も大きな都市の重要な交差点で生まれたの。わたしの両親は道化師だったの。

わたし生まれる前から働き始めたの。祖母は日の出から日没まで働いた。わたしたち祖母を食べちゃったの。わたしたちは人食い人種。わたしはわたしの爪を食べる。短命の定めを負って生まれたの。奉仕するために生まれたの。食べるものが何もない人たちのテーブルで奉仕するために。わたしは予定日より前に、南で生まれたの。わたしはここの者かどうか分からない。だれが母親だか分からないの。父でさえわたしの母親がだれか知らないわ。わたしは女呪術師ではない。わたしは運河なの。いつ雨が降るか前もって分かるの。わたしはだれかに憎まれても気づかない。人々の言葉を信じるわ。わたしは世界中で最も憎まれている国で生まれたの。祖母には私生児がいたの。祖父は、祖母が癌で死んだとき、私生児に自分の名前を与えたの。わたしは沢山の罪を持って生まれたの。世界中で最も憎まれている国で生まれたの。祖父も死んだわ。それが彼の履歴の最後の行為だった。祖父はわたしにひとつの人形をくれたの、その人形の顔を押しつぶして、わたしは一晩中泣いたわ。そしたら、お菓子をくれた人がいて、わたしの歯がやられてしまったの。でも今も奥歯は残っているわ。わたし生まれつき虫歯があったの。わたしだれもわたしが生まれるのを望まなかったのに、生まれたの。それでも生まれたの。わたしはいつ生まれたのか分からない。母は生まれながらに死んでいたの。ウイツィロポチトリは武具を付けて生まれたの。ドン・ハイメは母親のお腹の中で泣いたの。鮫の胎児たちは子宮の中で弟や妹を殺すの。母鮫には子宮がふたつあって、ひとつは光を与えるため、もうひとつは暗闇を与えるためなの。わたし予定日より前に生まれたの。月蝕のもと、短命の定めを負って生まれたの。命永らえる希望もなく。わたしは死者から生まれたシャム双生児の片割れ。わたし不安なの。わたしは生まれたときから、叔父が私生児だと知っていたの。わたしベールの下で生まれたの。わたしはムンダ、世界を駆け巡る。わたしは白人、わたしはモレーナ、両目が青くて、涙がいっぱい。わたしは生まれながらの予見者。天賦の才能を持っている。わたしは死ぬために生まれたの。

わたし生まれたときから恋をしていた。憎しみの中で生まれたの。ひとりで。母を探して地下鉄の中を歩いた。生まれたときから施しを乞うた。生まれたときからすべてを知っていた。生まれたとき、すべてを知っていると信じるほど無知だったの。無知だと気づかなかった。生まれたときにそれと気づかず、名前も苗字もなかった。そこがどこかも分からなかったの。生まれたとき大人だった。南で。南の南でわたしは生まれたの。土砂降りの下で。地震の最中。わたしは生まれたとき雷に打たれたの。火山が噴火したの。だれも気づかなかった。新聞にも載らなかった。わたしが生まれたときテレビはなかったの。

口を上に向け、両脚を開いて。薔薇の花のベッドのうえではなかった。唐辛子の鉢の中、蠍の巣の中、流星が残したクレーターの中で、わたしは生まれたの。指を一本傷痕に置き、群衆の中で生まれたの。お腹の中で泣いていたあの声。わたしは出来るかぎりのことをして生まれたの。だれも助けてくれなかった。だれもわたしが生まれるのを見なかった。無からわたしは生まれたの。父さんの頭から秣棚《まぐさだな》へ。拳を高く上げてわたしは生まれたの。
母のお腹で八か月生き延びたあとわたしは生まれたの。予定日より前に。夜明け前に。わたしが気づかないうちに。愛の女孤児、幸福の継子。

生まれながらわたしは生まれることを学んだの。ひとりの女友だちもいなかった。腹ぺこで生まれたの。生き抜きたいと願ったの。わたしが生まれたときはお笑い種だった。何をしているのか分からなかった。だれもわたしに生まれたいかと尋ねなかった。わたしは水の下にいた。墓の中にいた。父は墓掘人で、母は生まれながらに死んでいたの。何の代償も期待せずに。知らない間に。手に炭を持って。壁を掻きむしりながら。口の中で叫んだの、

わたしは生まれたと。

国境

…それは単に
メキシコと
アメリカ合衆国を分断する傷痕である
のみならず　不可避な関係において
両国を結びつける線である
—コルサタル*1

エル・パソ、一九五七年

少女の頃からわたしは、市民の九五パーセントがスペイン語を話すところに住んでいる、そこテキサスはかつてメキシコの一部だったのに、学校ではスペイン語を話すことが禁じられている。そして祖母は少女だった頃から、砂漠にいる蛍はパンチョ・ビヤ[*2]の煙草の火だと信じている。

エル・パソは兵舎。わたしたちは野蛮人。
テノチティトラン[*3]はわたしたちのローマ。

弟とわたしはふたりだけで国境を越える、徒歩で荷物も持たずに。わたしたちは、ロサと知り合う幸運に恵まれた。ロサは自分の子どもたちをメキシコに置き去りにして、弟とわたしの面倒を見てくれている。わたしに初めてスペイン語の言葉——もちろん下品な言葉——を教えてくれたのはロサで、自分のブラウスに虹の糸を通して鳥や蜥蜴やグアダルーペの聖母[*4]の刺繍をしながら、わたしたちにシュタバイ[*5]のことを物語ってくれた。

シュタバイはあんたが彼女の山へ入れば、あんたを誘惑する。あんたは彼女の洞窟へ連れていかれ、もう家へ帰ることはできない。もし助かりたいなら、あんたの衣服を脱いで、裏返しに着なさい。

＊1　コルタサル＝フリオ・コルタサル（一九一四—一九八四）。アルゼンチンの小説家、詩人。主要な作品に『懸賞』（一

九六〇）、『石蹴り遊び』（一九六三）など。長年フランスに居住し、同国の市民権を獲得した。

＊2　パンチョ・ビヤ＝（一八七八―一九二三）。メキシコの革命家。元来、盗賊の頭領だったが、一九一〇年にマデロが率いる革命軍に参加し、一九一三年、戦いに勝利しつづけて、革命正規軍司令官となる。カランサと同盟してパレドンの闘いで連邦政府軍を撃破するが、その後カランサと対立し、一九一五年には、バヒーオにおいてカランサ軍に敗れて引退し、一九二三年に暗殺された。

＊3　テノチティトラン＝一五二一年にスペイン人に征服される以前のアステカ帝国の首都。スペイン人は、この都市を破壊し、そこに現在のメキシコ市を建設した。

＊4　グアダルーペの聖母＝一五三一年十二月九日、メキシコ・グアダルーペの先住民フアン・ディエゴの前に現れた褐色の肌の聖母。ラテンアメリカで多くのカトリック教徒の信仰の対象となっている。

＊5　シュタバイ＝マヤ族の人々が存在すると信じている幽霊。恋人同士の前に現れると言われている。

メキシコ、一九五九年

母はわたしたちをメキシコ連邦区へ連れていく。わたしは小学校五年生、弟は幼稚園にも行っていない。バスの停留所でわたしたちは母にしがみつく。ほかにはだれもいない。わたしたちはどうしたらピラミッドへ着けるのか尋ねる。

わたしは大嫌いな国から逃げる。もう二度と英語は話さない。娘とさえも。

けれども、わたしのスペイン語には、青髭*がどうしても自分の名前から拭い去れなかった血痕のような訛りがある。

* 青髭＝フランスの詩人ペロー（Perrault）の童話の主人公で、六人もの妻を殺害した男。

わたし、ＪＦＫを殺したの

ジョン・フィッツジェラルド・ケネディーを殺すまでわたしはだれも殺したことはなかった。そんなこと考えたこともなかった。踊ることすら知らなかった。わたしは十三歳にもなっていなかった。一九六三年。テキサスでのことだったけれど、あなた知ってるわよね。

十一月二十二日。それはわたしの誕生日だった。高校の一年に在学していたわ。その夜卒業記念ダンスパーティーで学校の女王が戴冠することになっていたの。わたしはある男の子とデートしていた。

殺すなんて考えたこともなかった。だれかと一緒に出かけたこともなかった。

ママがわたしのためにハイヒールを買ってくれた。わたしはそれが大嫌いだった。「美は痛いものよ」、とママは言ったの。


前もって計画したんじゃなかった。おそらく大統領が死亡したことで一番驚いたのはわたしだった。だれにもそのことは話さなかった。わたし告白するわ。


その日、わたしが学校へ行く前に、花屋さんからダンスパーティー用のブーケが届いたの。顔が泥にまみれた配達の男の子が呼び鈴を鳴らしたの。花が入った箱は恥ずかしくなるほど大きかった。その箱にはセロファンを貼ったのぞき孔があって、顔を近づけるとブーケが見えたの。それは棺桶の中の遺体のようだった。わたしが生まれてこの方見たものの中で最も醜悪なものだった。でもそうだった、そのときわたしはまだジョン・ケネディーの頭の傷は見ていなかった。泥だらけの脳はリムジンのトランクの中にあったの。

「こいつは冷蔵庫に入れといて下さいよ…、花が萎れちまわないように」と、配達人は言ったの。

今までにあなた、人間の頭と同じくらい大きくて金箔をまぶした褐色のブーケを見たことある？

それには衣服に留めるための大きな留め金がついていたのよ。わたしにはそれが、とある博物館の陳列棚の中のピンで留められた、黄色と褐色の斑点がある夜の蝶のように思われたわ。

わたしがデートしたのはおたく男だった。彼の耳の中は黒い吹き出物だらけだった。初めてそれを見たとき、ダニかと思ったたわ。本当にそう見えたのよ。

ブーケを見るとすぐに、わたしは決してダンスパーティーへ行くべきではないと分かったの。花びらの褐色の先端を見て、若者の耳の中の吹き出物を思い出したの。何かしなければならなかった。何がどうあろうと。わたしは腹を立てていた。生き残るために戦ったわ。明らかに自己防衛だった。他に方法はなかったの。女には自分を護る権利があるのよ。そうでしょ?

大嫌いなだれかに犯されたときに感じることについて、あなたには何か考えがある? 家族の間で話をつけたそれらの結婚はどうなるのか? 女たちはいやらしい老人たちに舐めまわされるのを耐えなければならない。夜ごと夜ごと。

自身の体が自分のものでないと感じるということがあなたには分かる? 肉体をだれかから借りているということ。性的にだれかに借りがあるということ。あなたが彼の所有物であるような。彼の奴隷であるような。死んでいるのと同じ状態だと思うわ。あなたの体はもはやあなたのものではなく、他人が、思うようにできるのよ。あなたに触る。見る。裸にする。傷つける。切る。そうしたければ殺す。ゆっくりと、金婚式まで、五十年かけて。

わたしは自分を護るためには何でもする用意ができていた。わたしには時間がなくなっていた。学校へ行かなければならなかった。バーケルバック先生の英語の授業へ。彼女にはテキサス東部の強い訛りがあり、わたしたちにヴィクトル・ユーゴーの小説について話した。バーケルバック先生は悪魔合衆国の南部における内戦の結末のことを扱うように彼を**レ・ミゼラブル**と呼んだ。

わたしは身に着けたブーケを思い描いた。若者の両親の車の後部座席に座って。彼は暗闇の中できっとわたしの方へ腕を伸ばしてきて、わたしをいじりまわすわ。するとわたしは吐きたくなると思うの、でもわたしは何もできないと思う。だって、彼がわたしのためにブーケを手に入れてくれたんだもの。そしてわたしは彼の贈り物を受け取ったんだもの。その哀れな若者はとても醜く、学校中のだれも彼を好かなかった。わたしとしては彼を粗末に扱うわけにはいかないの。彼のずんぐりした指でわたしを触るままにさせておくしかない。わたしは彼の不快な息を嗅がなければならない。なぜって彼の両親はブーケを買うのにかなりお金を使ったし、わたしたちを彼らの車に乗せてくれたから。そしてまた、間違いなく「ムンダはいい女の子だ」って言ってくれたから。彼らは醜い息子、アダムスの家族に似ているその息子が、結局は恋人を手に入れることになるという希望を持っていることにわたしは気づいたの。わたしは彼のせいで気分が悪くなり、とても恐ろしくて吐き気がして、車から降りたかった。

バーケルバック先生は、司教がいかにジャン・バルジャンに哀れみを覚えていたかを話してくれていたのだけれど、彼女は明らかに「ヘネ　バル　ヘネ」と発音したの。鐘はちょうど鳴ろうとしていて、わたしは神様のことを考えたわ。すでに信じなくなっていた神様のことを。わたしに初潮があって、母がわたしたち女の両脚の間にある聖杯について話し、男たちがペニスでどのように卑猥なことをするのかを詳しく説明してくれたそのときからわたしは、神様を信じなくなってしまったの。なぜって、いずれにしろわたしが神様を信じていたただひとつの理由は、わたしが四歳くらいだった頃、ママに赤ちゃんはどこから来るのと尋ねたら、ママは男と女が愛し合うとき、赤ちゃんが生まれるように神様が女の中に種を蒔くんだと言ったからなの。そして、二、三年後に母がセックスについて説明してくれたあと、わたしはひどい吐き気に襲われて、そんな不潔な神様のことは何も知りたくなくなったの。それなのにわたしは、その絶望のときにさえも次のように祈ったの。

「どうか神様、何かをして下さい、そうあるべきことを、何でも結構です、でも、どうかダンスパーティーに行かなくてもいいようにして下さい。どうかわたしに奇跡を起こして下さい。神様」あんたに言ったように、わたしはまだタンポンを身につけたこともない子どもだった。以前だれも殺したことはなかった。わたしは処女だった。

でもそのとき、教室のスピーカーが鳴り始めたの。壁の格子から声が出てきていたの。それは校長室から聞こえてくる声だった。校長は毎朝わたしたちに話をしていたの。彼は、サッカー・チームの監督で、いつもわたしたちに試合中は熱意を示すよう要請するとともに、各々の試合が始まる前にわが校のチームが勝ちますようにとスピーカーを通じて祈っていたの。「褐色と黄金よ、永遠に存続しますように！」と。

「どうぞ、神様、」とわたしは祈った。「もしも、わたしをこの苦境から救い出して下さるならば、再びあなたを信じるでしょう。」

スピーカーから校長のとぎれとぎれの声が聞こえたの。「とても悲しい知らせがあります。恐ろしいことが起こりました。大統領が銃撃されました。アメリカ合衆国の大統領が銃撃されたのです。大統領は死亡されました。すべての学校で授業は中止となりました。」校長は泣きじゃくりながら付け加えたの。「卒業記念のサッカー試合は取りやめとなりました。学校の女王の戴冠もまた中止されるでしょう。淑女、紳士の皆さん、本日夜のダンスパーティーも行われないでしょう。」

招待

はっきりした
　日付も
時間も分からない。
曲芸師が酔っ払いが
ペテン師たちが来るだろう。
火喰い芸人もやって来る。
　アステカの踊り手
サクソフォン奏者
ドラマーたちも。
予言者、シャーマンも来るだろう。
　そして大勢の詩人たちが
　日本語で
　ツォツィル語で
　ポーランド語で
　アラビア語で

小話を語るだろう。
わたしたちは腹の底から大笑いする。
悲しげな者はひとりもいない。
凧が舞う。
彗星が飛ぶ。
小火山とベンガル花火。
すべての蛍
と蜂鳥たちは
真心込めて
わたしの最後の宴に
招かれて
いる。
ようこそ
禿げ鷹の群れ。

世界には

季節労働者の
　通行を
　妨げる
　障壁は
　ない。

蜂鳥たちの移住を阻む有刺鉄線は?
モナルカ蝶たちは防壁の上を飛ぶ
　いつかと今の間を、
　　向こう
　　から
　　こちら

　　　　へ、
　　どこにも
　　いかにも
存在しないところで…
　わたしは
　　落
　　ち
　　る
　楕円の
　真ん中へ。
一日中太陽は
そんなにも強く照っている?
　光を知るために
わたしは暗闇を研究した。
原子たちの間を、夜が
　　落

　　　ち
　　　て
はかない星たちは、だれに願いをかけるのか?
　わたしは日没になろうか?
ひとりの日没はひとり以上の主人を持てるか?
　ふたりの日没は結婚できるか?
恋人たちの晩餐のために地球を生贄にしようか?
　惑星を窓から捨てようか?
　　　夜が落ちる。
　日没に罪を着せるいわれはない。
ひとりの日没には落ちて死ねる場所がない。
戦争はおまえの日没を生き返らせるためにとても役立つ。
　　爆弾、爆発
　そしてまた火山の噴火
　　　稲妻…
（ドルの緑色の煌めきも?）
　あの日没の値段はいくらだ?
　　長続きすると思うか?

詩

おまえは自由になる
用意はできているか?
わたしは
落
ち
て
ゆ
く
夜明けに向かって。

地上に住み飛ぶことを夢見る
海の動物の
日記
カール・サンドバーグ

この詩を飛行機の中で読んではならない
ラジオで朗読してもいけない。
きみの独房の埃の中に書け。
噴霧器で月の中に描け。

（わたしの友だちがそう呼ぶ、詩。
わたしたちは生まれる前に知り合った。
最後の言葉に至るまで。
自分の命を守るために。）

出産する女たちは叫ぶ。
寺院の外で布施を乞う。
一粒の米の中の詩。

季節労働者と巡礼者たちは
詩を口の中に入れている。
　入国管理官—出生地は？

詩　　　――白紙です。
入国管理官――来訪の目的は？
詩　　　――足跡を残すために来ました。

詩の飛翔を妨げる障壁はない。
鳥たちの囀りが軍隊によってあるいは、
血に汚れた黄金によって沈黙させられることもない。
詩は一本のアフリカの木の中で成長する。
奴隷たちがそれを子宮や睾丸に入れて運ぶ。

一本の瓶に入って大洋を渡る。
それを擦ると戸口に精霊が現れる。
彼はきみに中へ招き入れてくれと頼む。お入り。
（大声で朗読するときはコンドームを使いたまえ。）
愛の影に身を任せろ。（詩を作れ／戦争へ行くな）
（詩人にではなく／詩に。）

（浜辺で一部が壊れた詩に出会ったらどうする？）
天然痘の痘痕。火山の噴火、地震、氷河。
隕石。弾痕。爆弾。廃墟。

詩はピラミッドを建造する。
それは死者の口の中に保存される。
ろくでなしめ！

★

寒い夜に詩はきみの原稿を燃やして焚き火をする。
その顔が水たまりに映る。詩は褐色だ。
小男だ。歯が欠けている。
子どもが大勢いる。
金持ちか有名かなど彼には
少しも問題ではない。

（もしもきみが、愛する者か友だちのために書かれ、ここに表示される
詩がほしいなら、どうかきみの名前、生年月日、死亡日を知らせてよ。
そしたら、喜んできみに詩を創ってあげよう。）

コーヒーの滓を読むと苦しんでいる者は気が楽になる。
　水は命じる。
潮が引くとき、砂に書け。
ただひとつの詩だけがある。
その翼は香のかおりがする。

感謝します

　最も偉大な神々の王国には
木立に囲まれた蓮の池がある
　供物である宝石たちよ！
松の枝には麗しい鳥たちが憩い、

美しい旋律で鐘たちは歌い、
　そして上では、仏像、
　　天使たちの輪、
慈愛の花びらたちがそよ風に散る。

　　　日傘に書かれた書体

すべての傘に感謝の意を表します
日本の博物館の外の
傘置き場の、
鉄道の駅の、
ホテルのロビーの、
バス降り場の。

パスポートやドルやすべてが入ったわたしのリュックを
届けてくれた横浜のタクシー運転手に。

そして飛行機に乗ってきて

金閣寺へ向かう新幹線に同乗してくれた
芸術家珠奈とその弟基樹に。

　水の
　鏡に浮かぶ
　寺。

紅い紅葉の葉たちに感謝します、
百年前からの庭で
二か月もわたしたちを待ってくれた秋に。

　銀杏のお菓子、
　池で恋をする
　蛙たち。

わたしたちが愛し合ったフジビューホテルと
ニューデイホテルのベッドに感謝します。
畳を編み、布団に綿を詰めた

人たちに。

夢食堂よありがとう。
そして壊れなかった皿と朝食のために
命を捧げてくれた鮭よありがとう。

　　　　女性詩人はじゃが芋を
　　　　　洗う女までも
　　　　　　描いた。

―和紙の母―
楮の樹皮に感謝します。
彫刻家イサム・ノグチよ、ありがとう。
玄武岩、石灰華
花崗岩よありがとう。

真夜中の太陽、宇宙の波
　　竹に感謝します。

書道家たちに
そして狼寺の
灌木に結ばれた
凶のおみくじに。
悪運を追い払ってくれた
猿よありがとう。
そして悪言を聞こうとしない猿よ。

再び水溜りに
なるために火に捧げられた大地よ。

石。
火山。
地震。

一九四五年八月六日に広島で生まれた婦人が
わたしを憎んでいないことに
感謝します、
わたしの父が、死者たちの闇に包まれた地球上で
最も血に飢えた国の

海兵隊員であったにもかかわらず。

丸木位里と俊よ、傷ついた者たちを背負い、
死体を焼却し、食物を探し、
屋根を修理し、　　そして肉体を

筆と亡霊と水と火と虹で修復してくれてありがとう。
　　東京の地下鉄の中で
　　お経を唱えていた
　　僧侶よありがとう。

サンタクロースの衣装を着けた仏像よありがとう。

神道の結婚式の花嫁よ。
墓地の死者たちよ。

そして、いかにしてわたしたちの狂気を克服
するかを語ってくれる大江健三郎よ。

鼓直よガボ[*1]を翻訳してくれてありがとう。
わたしたちはゴールデン街の女たちと
サントリーに感謝します。

黄色い銀杏よありがとう、
祭礼の縄で縛られた銀杏の千年樹よ。
同じく縛られた岩たちよ。

詩人たちよ。

芭蕉さんと細野さん。

言葉と英知と幸運の
女神よ。

宇宙の声よ。
天童大人と谷川俊太郎よ、
　　サルー[*2]！　乾杯！
　　とてもたくさんのテーブル！
　　とても多くの寛容！

湯気の立つ味噌汁とよく冷えたキリンビールに感謝します、
食べ物の神に
埼玉の聖なる野菜畑で育った
子どもと同じくらい大きい大根に。

冬の天日に乾された
玉葱と素麺よありがとう。
漆塗りの小皿の中の
杉の小枝よ。
羊歯の
スープに浮かんでいた
菫よ。

水の子どもと泡の島よ、ありがとう。

川よ、内海よ。

お風呂の

お湯。日本式の浴槽。

便座が温かい日本のトイレよ
そしてその泉と滝の音楽よありがとう。
わたしの肛門を洗うために脚の間を迸った
温かいお湯。それを乾かすデジタルの扇子。

洗面所の外の廊下用
スリッパと
洗面所の中用の別のスリッパよありがとう。

わたしたちに挨拶し、
地下の小さなバーに入るように
導いてくれた白猫よありがとう
そこではわたしたちにほうろう引きの
湯呑みを進呈してくれた。

そしてチップを受け取らなかったウエーターたちよ。ありがとう。

従順な妻よ、いたずら好きなミューズよありがとう。

藁葺き屋根の吐水口よ。
古い家々から成る博物館にある
船頭の小屋よ。

中古の着物を売る女性に
感謝します。
帯の女神に。
牝狐と稲荷神社に。
海産物の神に。
海を支配する暴風の神に。
山火事を防ぐ
神に。

火の神の化身。
石の角灯。

わたしたちが新年に聞かなかった
一〇八の鐘の音。
午後に子どもたちを呼ぶ音。
墓場の外の
ぶらんこと滑り台。
黄金の男の子、桃の男の子。
サキソフォンを持つ女の子たち。
沖縄の女の子の歌。
桃の節句。
魚の凧。

水族館で泳ぐ河豚
手を洗う
泉に映る木の枝の影

漂う世界。

歌舞伎の

仮面に描かれた
龍の
血の
色

日本のマリアッチ。*3
メキシコ大使。
人の世の有為転変。
パチンコの殿堂。
寿司のあるインターネット・カフェ
そこには時間決めか月決めで
眠る
ことさえできる個室がある。

洞窟の中たったひとりで行なった
九年間の瞑想よありがとう。
とても長い間
微動だにせず

手も脚も落ちてしまった。

ありがとう。

宝の船よ。
七人の幸運の神々が乗る船よ。

ありがとう。

徳島港よ。
醤油の中のすべての魚たちよ。

そしてアーチの中の夜を照らす
色とりどりのステンドグラスよ。

光の壁画は破裂し、鳴り響く。
白熱光を発する蛍。
有名な小男。

その女《ひと》、夜に輝く女よありがとう。
光で飾られた夜の番人。

鍛冶の神よ、空の空間を
鍛造してくれてありがとう。

太平洋の夜明けよありがとう。

そして三〇〇〇の島々よ。特に
雪とビールを求めに行けなかった北海道よ。

あなたは船長を覚えているかしら?
わたしたちに写真を貼る糊を貸してくれた
船長を?

手紙用の仏塔の切手を
選んで

赤いインクで押印してくれた
郵便局の若者を覚えているかしら？

彼の左目は太陽の化身。
彼の鼻は風の化身。

神社の入口のアーチ、鳥居よありがとう。
卑俗なものと
聖なるものとの
境界にあった
鳥居よ。

ありがとう。

愛の神。

偉大な鎌倉の大仏。

ありがとう。

太陽が、両目を閉じる寸前の大仏の顔に
口づけする丁度そのときにわたしたちをそこへ
連れていってくれた詩人よ。

ありがとう。

油の海のような混沌よ。

ありがとう。

瀬戸内海よ、紀伊水道よ。

ありがとう。

＊1　ガボ＝ガブリエルの愛称。ここでは、ノーベル賞作家ガルシア・マルケスを指す。
＊2　サルー＝スペイン語で乾杯のときに唱える、健康を意味する言葉。
＊3　マリアッチ＝メキシコ独特の民俗楽団またはその音楽。十数名がソンブレロ（鍔広の帽子）を被りギター、バイオリン、トランペットなどを演奏するとともに歌い手が歌う。

芭蕉の書き換え

新幹線の窓から
わたしは
富士山に挨拶する

わたしたちは大仏に着く
太陽の最後の光線が
その古びた青銅の顔に
口づけしているとき。
その頭髪は
時計の針の方向に巻かれた
巻き毛だ。全部で六五六の
巻き毛から成っている。額にある
ひとつの白い巻き毛は
全世界を照らし出す

光線を放射している。
その視線は
日没の方に向いている。

　何人の旅行者が？
いくつの夕暮れが？
何人の女たちが？
　愛のように終りのない
その経歴のもとで死んだか？

わたしたちはフェリーに乗り

一晩かけて四国へ向かった。

船は大きくて…水泳プールほどの大きさの
日本式浴槽つきだった。乗客はわたしたちだけで

わたしたちはターミナルの迷宮の中で
何百もの階段を上り下りしたあと
—定刻に一分遅れて—
ようやく波止場へたどり着いた。

本を詰め込んだいくつものスーツケースを持ち。
何時間もかけて。

いくつの地下鉄駅を通り？

いくつのバスに乗ったことか？

港へ着くまでに？

わたしたちは船室とサントリーとともに満月の中を出港した。

わたしたちは殿様たちの公園で虹とともに夜明けを迎えた。

橋は空中に浮かんでいる。

池を覆う霧。鯉たちが僧侶たちの昼食を
待っている。橋たちは霧の上で喪中の虹のように
弓の形をしている。

祈禱室の時計は
九時十分前を
指している。

二つの香炉
二冊の書物がある。

漢字、ひらがな、絵文字。

手、櫛、指輪

黒い虹、蛙、

紙の寺。

つくばい

わたしたちは新幹線で京都へ着いた。もう遅い時間だ。
旅行者たちはその寺から帰っていくところで、
石たちを休ませている。

裏庭には身を清める水のある手洗い場がある。

水は生命の尽きることのない湧出だ。
わたしたちの世界とわたしたちの自我は儚い。

手を洗う石の鉢には
漢字四つの碑文が刻まれている

「吾　唯　足　知」。

わたしたちは文字が刻まれたみかげ石の
湧き水で手を洗う。

わたしは満ち足りることだけを知る。
わたしは寺の水で洗う。

わたしの魂をわたしの手を洗う。
わたしの穢れをわたしの自我を。
わたしの口をわたしの名前を。
昨日と明日をすすぐ。
わたしはすべてを拭い去る
わたしが好きなものと
わたしが嫌いなものを。
わたしはわたしの偽装を脱ぎすてる
わたしの障害を

わたしの憎しみを。
悪癖と神経症が水とともに流れ去る。
さらば、不安よ、懸念よ。
もろもろのことからわたしを解き放してほしい！
わたしは必要なすべてを持っている。
足りないものはない。
ただ
英知だけが
わたしを充足させる。

呼吸だけが
わたしとともにある。
わたしの心だけが。
満ち足りている。

訳詩（先住民の歌）

ボロム・チョン

―踊るジャガー―

アンバル・パスト・原訳

大空にいるボロム・チョン。
地上にもいるボロム・チョン。
おまえのすてきな宝がほしい。
おまえの美しい持ち物がほしい。
おまえは星空の守り主。
おまえは密林の守り主。
三つの頂上。

三つの山。
三つの高い雲の草原。
まだらの動物。
まだらのジャガー。

おまえは大空で踊るジャガー。
おまえは地上で踊るジャガー。

毛深いひげだね、ボロム・チョン。
ごわごわひげだね、ボロム・チョン。

大空にいる蛇のジャガー。
地上にもいる蛇のジャガー。

しっぽが長いね、ボロム。
爪も長いね、ボロム。

大空にいる獣のジャガー。
地上にもいる獣のジャガー。

ここ地上で愛し合おう。
ここ大空で愛し合おう。

わたしの守り神は蝶々。
わたしは風に乗って飛ぶ。

大空にいる黄色い子羊。
地上にもいる黄色い子羊。

長い脚だね、ボロム・チョン。
長い足だね、ボロム・チョン。

長い足だね、コヨーテ。
長い足だね、子鹿。

起きてよ、父さん。起きてよ、母さん。
立ってよ、父さん。立ってよ、母さん。
昇ってよ、父さん。昇るんだ、母さん。

大空にいるボロム・チョン。
地上にもいるボロム・チョン。

解説

米国からメキシコへ帰化した女性詩人アンバル・パスト

細野　豊

アンバル・パストの詩に出会ったのは偶然だった。わたしが日本の政府関係機関の職員としてメキシコ・シティに滞在していた一九九六、七年頃、当時そこに住んでいた知合いの日本人が「メキシコの友人がとてもいいと言っていた」と、彼女の詩集『かたつむり』（一九九四）を贈呈してくれたのだ。その後彼女の詩や消息がメキシコ・シティの新聞の文化欄等にも取り上げられるようになり、その詩集が「チアパス賞」、「統合メキシコ賞」等有力な賞にノミネートされるようになったが、当時はほとんど無名だった。しかし、わたしはこの詩集を読んで引きつけられた。特に、「木こりたちのための夜想曲」と「捧げる詩」という二篇の叙事詩的あるいは寓話的な長詩に魅せられた。

ひとりの男がいて森で女に恋をした。／男は出掛けなければならなかったので、／愛したことを忘れないように、女を身籠らせることにした。／男が戻ってきたとき、たくさんの女がいてみんな身籠っていたので、／どれが自分の女だか分からなかった。／／（中略）夜になって、女は森へ小用をしに行った。／山刀を持った男がひょいと現れたのでとても驚いた。／男は女よりもっと驚いた。／／月明かりの下で髪を振り乱している女を見て、／男が震えているのを知ったとき、女は男に消えてしまえと言った。／男は逃げて行き、聖処女が現れたと人々に語った。／／（中略）愛しい男が帰ってきたとき、もう秋だった。／男は子どもたちに藁と苔を／そして草原の歌を持ってきた。／／自分の女のことは覚えていなかった。／彼女を彼のすべての娘たちと混同した。／だれも身籠っていなかった。

以上は「木こりたちのための夜想曲」（細野豊訳、以下引用する詩はいずれも細野訳）からの抜粋だが、この詩に登場する男は移り気で放浪癖があり、どこか頼りなく影が薄い。一方、女たちは大地にしっかりと足を据え、生き生きとして妖精的な魅力に溢れ、自由である。この詩は相対的に男の力が低下し、女が自立して力を付けてくるだろう二十一世紀以降の人類社会を予見しているかのように見える。私はこの詩を一読して、そのアナーキーな雰囲気に惹かれ好きになった。その後アンバル本人から直接聞いたところによれば、この詩は自由奔放な恋愛を肯定しているというより、優秀な写真家で褐色の肌の魅力的な男だったが、他の女のところへ行ってしまった不実な元の夫に対する告発とアイロニーの詩なのだということだった。この詩に見られるユーモラスな面も捨てがたい魅力だ。

次に「捧げる詩」を見よう。

この詩をわたしといちども寝なかった男たちに捧げます／生まれなかったわたしの子どもたちに／だれも書かなかった詩に／／この詩を自分の子どもを愛さなかった母たちに捧げます／だれにも付き添われずに／ホテルで死んだ人たちに／／これを壁に落書きした人に捧げます／男に女に／拷問された無名の人に／ついに自分の名前さえ言わなかった人に

これは冒頭の三連だが、特に第一連はわたしが最も惹かれる詩句のひとつだ。これらの詩句は無縁の男たちに心を込めて捧げられた詩であり、虐げられ残酷に殺された人たちなど、詩人の心に深く刻まれている者たちへの挽歌である。

アンバル・パストとは、二〇〇四年十一月にメキシコ大学院大学の招きでわたしがメキシコ・シティを訪れた機会に、伝を頼って住所を突き止め、チアパス州サン・クリストバル市の自宅を訪れて会うこととなるのだが、それ以前にわたしが彼女について持っていた情報は、現代メキシコを代表する女性作家のひとりで、ポーランドの貴族の血を引くエレーナ・ポニアトウスカがアンバルの詩集『かたつむり』に寄せた解説や同作家が二〇〇〇年九月十日付「ウニベルサル」(メキシコの主要日刊紙のひとつ)に書いたアンバルの消息から得られたものが殆ど全てだった。『かたつむり』の解説には、「アンバル・パストは、チアパス州サン・クリストバル市に娘のティラと暮らしている肌の白い金髪の女性である。チャムーラ族やシナカンテコ族などの先住民と親密に交流し、彼らの文化を愛し、その生活に溶け込んでいる。」と、またウニベルサル紙には、「彼女はチアパス州の森の中の太い木の上に家を作った。わたしはその家に泊まったのだが、一晩中風できしみ揺れていた。ノアの方舟に乗っているような心地だった。アンバルはわたしたちの手の届かない所にいて、先住民の土地の一部になりきっている。(中略)彼女は自由奔放で、森の中の松葉の上を滑るように歩く。そして腹の中にひとつの風景を持ち、それを描き、書き、染める。この白い魔術師と空色の目と腰まで伸ばした長い髪の娘は、鶏の鳴き声とともに起き、連れ立ってチャムーラ族の村へ行く。そこの住民たちと親しく彼らの言葉で話し、秘密を共有し、薬草で治療し、村の女たちと同じように木の櫛で金髪を梳かす。」と書かれている。これらの記述から、私は彼女が妖精のような魅力を備え、真に解放され、自立した女性だと想像していた。

実際に会って話してみたアンバルは、ある面では予想に反していたし、別の面では想像していたとおりの人だった。妖艶とは言えなかったが、澄んだ声でよく笑った。その声には聞く者の心を和ませ、鎮める力があった。なお、娘のティラはわたしが訪問したときは、米国のサンフランシスコへ留学中だったが、その後ロンドンへ渡ってイギリス人の若い医師と結婚し、幸せな生活を送っているとのことだ。

アンバル・パストは、一九四九年に米国ノースカロライナ州に生まれた。彼女から直接聞いたところによれば、彼女は九世紀に農民から身を起こしてポーランドに王朝を開いたピアスト王の末裔で、十八世紀に米国へ移住してパスト姓を名乗った一族の一員とのことだ。母方には米国先住民の血が流れているらしい。二〇〇八年十二月に、日本詩人クラブの招聘により来日した際に行った講演で、アンバルは次のように語った。

わたしは、幼年時代からの十年間をテキサス州のエル・パソで過ごしました。そこは、国境の南側にあるメキシコの国際色豊かで芸術的な環境とはまったく対照的な田舎の保守的な土地柄でした。わたしはとても若いときから、メキシコ・シティから放射される文化の力を感じていました。わたしたちは野蛮人で、メキシコ・シティはわたしたちのローマでした。

わたしが九歳になった一九五九年に、休暇を過ごすため母がわたしと弟をメキシコ・シティへ連れていってくれました。わたしたちはこの都市の歴史的中心街、ピラミッド、火山そして心の温かい人々に魅了されました。

わたしは、人間の社会的価値が所有する物質的財産で計られ、芸術や詩よりも能率性が重んじられる文化の中で生まれました。二十五歳ころまでは米国の平凡な家庭の主婦としての生活に飽き飽きしつつも耐えていました。しかし、一九七四年ついに日常の汚れが染みついた衣服を、当時住んでいたサンフランシスコ市のコインランドリーに叩きこんで、映画館で知り合った髭面の男たちとともにメキシコへ脱出しました。

以上に彼女が述べたところからも分かるように、アンバルは、メキシコが歴史の深さや文化の濃密さにおいて米国よりも遥かに豊かだと信じ、この国を心から愛している。

彼女は、昨年（二〇一四年）新詩集『ムンダ　第一のムンダ』を刊行した。この詩集では、アンバルの分身、あるいは「影のアンバル」であるムンダ・トストンが主人公だ。「わたしの名前はムンダ。ここの生まれではないの。わたしは頑固者よ。わたしの惑星ではみんなが頑固一徹。…」という散文詩で始まるこの詩集から、今回は「わたし、ＪＦＫを殺したの」を訳出し、掲載する（二二五ページ参照）。母親の自殺をトラウマとして抱え、父親への屈折した愛憎をムンダの言葉に託すアンバルは、スカイプでの対話でわたしに「ムンダ・トストンは、アンバルが語れないことを語る」と言った。

終わりに、アンバル・パストの詩を非常に高く評価している者のひとりが、セルバンテス賞の受賞者であるスペインの詩人アントニオ・ガモネダであることを付記しておく。

（二〇一五年六月十六日）

松生い茂る森の帰化詩人

細野　豊

1. 序論

「森」という題でエッセイを書くことになったとき、直ぐには焦点が定まらなかった。それで、この言葉を心の片隅に置いて探っていたところ、暫くして、わたしの心の中には気候によって区分される種々の「森」があることが分かってきた。ブラジル在勤時に国内旅行をしたり、ボリビアのサンタクルス市に住んで体験した広大なアマゾン地域の熱帯雨林。二〇〇四年の十一月にメキシコへ旅行した際に、米国から帰化した女性詩人、アンバル・パストをチアパス州の高原都市、サン・クリストバル・デ・ラス・カサス（以下サン・クリストバル）に訪ねたときに出会ったこの都市に隣接する温帯の森。温帯の森と言っても一様ではない。星善博の詩集『水葬の森』の背景にある森は、重く薄暗い歴史を背負った農村を取り囲む日本の森である。また、林立人のCD、『詩〈モリ〉を読む』の森は、岡野絵里子の解説にもあるとおり、「自分自身の内なる世界モリ」ではあるが、そこには櫟、漆、赤松、山毛欅《ぶな》などの樹木が生えていることから、やはり日本の森であると言えよう。このほか、仕事でアフリカへ出張の途次立ち寄ったハンブルク（ドイツ）の郊外に広がっていたグリム童話の世界を連想させる緑の森は、専門的知識がないので定かではないが、温帯の北限に位置しているのではなかろうか。そして更に北には、私が未だ見たことのない寒帯の森がある。それは、トナカイに引かれた橇が疾走する雪深い北欧の森であり、或いはシベリアの永久凍土の上に大木が茂るタイガである。

アマゾン地域の熱帯雨林へは、何回か入ったことがある。主たる目的は、原始林を切り開いて作られた日本人移住地を訪問することであったが、その機会に移住地周辺に広がる熱帯原始林にも足を踏み入れた。具体的に言えば、アマゾン河口に近いベレン市から奥地に入った所にあるトメアス移住地を訪れた際に、多くの大木やそれらに絡みついている蔓草などに覆われた小川に小舟を浮かべ、トンネルの中を行くように密林の中の流れを遡った。もう四十年近く前の体験だが、流れの水が意外に澄んでいたことが印象に残っている。それから、アマゾン河中流の古都マナオスから船で対岸へ渡り、大雨が降ると一週間も十日も通行が不可能になるという悪路を小型トラックに揺られながら、半日近くかかってトレーゼ・デ・セテンブロ移住地へ辿り着いた体験も印象深い。移住地へ向かう途中の道路の両側は、濃緑の熱帯原始林であった。

そして、何にも増して興味を引かれるのは、アマゾン河の上流に位置するボリビア共和国ベニ州のリベラルタの町であり、そこはわたしが微力を傾注して、その詩の和訳に取り組み訳詩集を出版した日系詩人、ペドロ・シモセの生まれ故郷である。今までにわたしが読み、和訳した彼の詩の中に直接熱帯の密林のことを書いたものは見当たらないが、彼の詩の背景にそれがあることは明らかである。星善博の『水葬の森』や林立人の『モリ』

の世界も、わたし自身が内部に抱えている森と併せて追求してみたいテーマである。

2. アンバル・パストの森

しかし、今回是非とも取り上げたいのは、一九八五年に米国からメキシコへ帰化した女性詩人、アンバル・パストが或る時期実際にそこに住み、彼女の詩の中にも現れる、メキシコ合衆国チアパス州の高原都市、サン・クリストバルに隣接する森である。松が生い茂るその森には、人が住み、男と女の生が絡み合っている。

二〇〇四年十一月に、メキシコ大学院大学の招きでメキシコ市を訪れた機会に、予てから会いたいと思っていたアンバル・パストの居所を、伝を頼って突き止め、サン・クリストバルまで会いに行ったところから話を始めよう。十一月十九日の朝、わたしはメキシコ市から空路チアパス州の州都、トゥクストラ・グティエレスへ飛び、そこから乗合タクシーでサン・クリストバル市を目指した。海抜五二〇メートルのトゥクストラ・グティエレス市は熱帯性気候で暑かったが、海抜二一〇〇メートルのサン・クリストバルに向けて、立派に舗装された道路を登って行くにつれて、風土が熱帯から亜熱帯へ、温帯へと変わっていくのが、車窓から見る植生で分かった。

三時間ほどでサン・クリストバル市に着いたが、古い歴史を持つこの都市の、石畳の道が碁盤の目のように交差する落ち着いた佇まいは、一九九七、八年頃に一度訪れたときと、行き交う車の数が増えたとは言え、さほど変わっていなかった。三人の同乗者が次々と降りて行き、町の中央広場へ着いたときに残っていた乗客は、わたし一人だった。運転手が二、三度車を降りて場所を尋ねてくれた後、ようやく「木こり工房」と看板に書かれた目指す建物の前に着いた。入口の戸が開いていたので、中へ入って行くと、中庭に面し、民芸品などが並べられた部屋に、二人の先住民の女性がいた。わたしが来意を告げると、一人が奥へ入って行った。間もなく、金髪で眼鏡をかけ、先住民の衣服を身に着けた五十歳代と思われる女性が出てきた。アンバル・パストとの初対面であった。

今回のサン・クリストバル行きは二泊三日の短い旅であったが、貴重な体験をした。特に到着の翌日にアンバルが、サン・クリストバルの町に隣接する森の中で、仲間たちとともに催してくれた昼食会は、印象深く、忘れがたいものとなった。その日の昼過ぎに、わたしが投宿していたホテルからアンバルに連れられ、二十分ほど歩いて郊外の彼女の家へ行った。いつも平日に彼女は、家から三十分ほど歩いて、街中にある「木こり工房」まで通っているとのことであった。

家は、イスパノアメリカでよく見られる作りで、道路に面した入口を入るとそこが居間で、隣接して寝室があり、居間の向こうは中庭で樹木や草花が植えられ、右奥の別棟が書斎であった。中庭の奥には塀があり、隣家との境界になっていた。

娘のティラの姿が見えないので、彼女とティラ各々のために持って行ったささやかな土産の品を差し出しながら、「ティラは?」と尋ねると、アンバルは「サンフランシスコへ絵の勉強に行っていて、いずれロンドンにも行く予定になっている。」と言って、家の中の壁を示した。そこには、ティラの作だという、デフォルメされた幾人もの人物が描かれており、この娘の並々ならぬ才能が窺われた。

暫く寛いだ後、アンバルが手伝いの少女とともに作ってくれた昼食をタクシーに積んで森へ向かった。家を出て間もなく森へ入り、十五分走って、松が生い茂る一角で車を降りた。この辺りは、北緯一七度位で熱帯地域に属するが、標高二〇〇〇メートル以上の高地であるため気候は温暖で、森は温帯の樹木である松に覆われている。松は、日本のものよりも葉が長い。アメリカ松という種類だろうか。

そこは、かつてアンバルが、今は別れてしまった夫と娘のティラの三人で暮らしていた山荘であった。木戸を抜けて行く小道には、アンバルがわたしへの歓迎の印として、緑の松葉を敷いておいてくれた。少し歩くと、今は廃屋となったかつての住居があり、その側の屋外に十五人は優に座れる作りつけの木製テーブルがあった。そこが昼食会の会場であった。

そして、わたしは懐かしいものを見つけた。ポニアトウスカがウニベルサル紙[*1]に書いた「太い木の上の家」だ。それは、根元が一つになっている二本の高い木の間の中程に作られた草葺の小屋であった。わたしが興味を示すと、アンバルが梯子を登って行った。わたしも続いて登った。登りきった所が小屋の床で、大人二人がゆったり座れるほどの広さがあり、先に登ったアンバルが趺坐していた。わたしも向かい合って座った。そのとき、首筋にチクリと痛みを感じた。「おや」と思って周りを見ると、草葺の天井や蔓で編まれた壁にびっしり蜂の群れが止まっていた。驚くわたしをアンバルは、「心を静かにして。騒いだり、取り乱したりすると襲われるから…」とたしなめた。とっさに、四十歳代の頃横浜のわが家の近くの曹洞宗の寺で手ほどきを受けた坐禅を思い出し、肩の力を抜いて瞑目し、心をあるがままに任せた。蜂たちは、天井や壁に張りついたままで、それ以上襲っては来なかった。あの軽い一刺しは、客人であるわたしに対する歓迎の挨拶だったのだ。

　小屋から降りると、松が生い茂る森はひんやりと鎮まり、今日の参会者たちが野外のテーブルに付いていた。アンバルのかつての夫の弟だという黒い髪と顎鬚、褐色の肌の男とその妻らしい先住民の女性。白人系の初老の夫妻。父がメキシコ人、母が日本人だという若い女性。隣のオアハカ州フチタン市から、先住民詩人会議に出席するため出かけて来た中年の男性詩人。彼らとともに、木の葉に包んで焼いた川魚、タマル[*2]、トルティーヤ[*3]、サラダなど、アンバルの手料理を食べ、タマリンドのジュースを飲み、会話に加わっているうちに、いつの間にかわたしはただ一人アンバルの詩の世界へ入り込んで行った。この松生い茂る森が舞台になっている「木こりたちのための夜想曲」の世界へ。

（本選集の三〇頁「木こりたちのための夜想曲」参照）

かつてアンバルは、夫とともにこの森に住んで愛を営み、ティラを生んだが、夫は去って行った。そして彼女は森を出て、サン・クリストバル市に住むようになり、娘のティラもサンフランシスコへと旅立って行った。

　今、一九四九年にアメリカ合衆国ノースカロライナ州に生まれ、九世紀に農民から身を起こしてポーランドに王朝を開いたピアスト王家の末裔で、十八世紀に米国へ移住してパスト姓を名乗った一族の一員であるアンバル・パストは、歴史の深さ、文化の濃密さにおいて、米国よりも遥かに豊かだと信じるメキシコ国チアパス州の風土に溶け込んで、サン・クリストバル市や隣接する松の森で営まれる人々の生を見つめつつ、詩を書き続けている。そして、彼女が主宰する「木こり工房」で、先住民の女性たちとともに、民芸品や手作りの本などを創り続けている。

（二〇一三年七月十五日）

＊1　ウニベルサル＝メキシコの日刊紙。
＊2　タマル＝玉蜀黍の粉を練り、肉や野菜などの具を入れ、玉蜀黍などの皮で包んで蒸した食物。
＊3　トルティーヤ＝玉蜀黍の粉を練り薄くのばして焼いたもので、メキシコやグアテマラの伝統的主食。

米国の物質文明を心底で批判する森の詩人アンバル・パスト

細野　豊

―わたしは、メキシコの文化とは全く対照的な文化の中で生まれました。三千三百粁以上に及ぶ国境を接しながら、米国とメキシコの間は遠いのです。両国は互いに理解し合えない隣人です。その訳は米国では英語を話し、メキシコではスペイン語（の他に三百五十の先住民の言葉）を話すからということでもなく、北の米国の最低賃金が南のメキシコの十倍だからということでもありません。両国の違いは歴史に根差しているのです。―

これは、一九四九年に米国ノースカロライナ州に生まれ、一九八五年にメキシコに帰化した女性詩人アンバル・パストが、二〇〇八年十二月に日本詩人クラブの招聘により来日し、東京の青学会館で行った同クラブの国際交流行事での講演において冒頭に述べた言葉である。続いてアンバルは次のとおり語った。

―国境の向こう側にはファアーレス市があり、その名前を聞くと、最近そこで殺害された数千人の女性たちのことを思い出します。わたしが幼かった頃、ファアーレスは文化の中心としてわたしの関心を呼んでいました。そこには博物館や画廊がありました。米国側のエル・パソにこれらの施設はなく、書店もありませんでした。ファアーレス市には何軒もの書店がありました。わたしの母は芸術家で、その友人はメキシコの芸術家たちでした。（以下略）

既成の常識的価値観を覆すことは、詩人に課せられた役目のひとつだと筆者は考えているので、日本での講演で「米国に暮らすわたしたちは野蛮人で、メキシコ市はわたしたちのローマだ」と語り、その詩「メキシコ、一九五九年」（詩集『ムンダ 第一のムンダ』）で、「わたしは大嫌いな国から逃げる。もう二度と英語は話さない。娘とさえも。」と自らの分身ムンダに言わせるアンバル・パストに深く共感しつつ、生まれ育った米国に対する彼女の心底からの厳しい批判に今さらながら、たじろぎさえ覚えるのだ。

彼女が自立した自由な精神の持ち主であることは明らかであり、エレーナ・ポニアトウスカが描いて見せたように、先住民の社会にすっかり溶け込んで生きていることにも疑問の余地はないように思われた。

しかしアンバルが、幼い頃からローマに匹敵する文化の源として憧れたメキシコ市も、彼女を同胞として温かく受け入れた、先住民文化が色濃く残るチアパス州サン・クリストバルも終の棲家とはなり得なかった。いつからだったか定かに覚えていないが、三、四年前のある時期から、アンバルは自分が今インド、ヒマラヤ地方の或る村の日本人僧侶たちが経営する仏教寺院に滞在していると、あるいはその村に近い森の中の小さな家を月額十ドルの家賃で借りて住んでいるとメールで伝え、フェイスブックに人里離れたその家の写真を添えて送ってくるようになった。

アンバルの父方は、九世紀に農民から身を起こして、ポーランドに王朝を開いたピアスト王の末裔で十八世紀に北米へ移住してパスト姓を名乗った家系であり、母方は先住民チェロキー族の血を引いていると、父方のことについては、二〇〇四年に初めてサン・クリストバルの彼女の家を訪れた折に、母方のことについては二〇〇八年に彼女が来日した折にアンバルが直接話してくれた。「パスト」がアンバルの戸籍上の真正な苗字であることは、彼女が来日した際にパスポートで確認した。

アンバルがメキシコのサン・クリストバルにいて、先住民たちと親しく交流していた二〇〇二年に、父と母のことを書いた各一篇の詩がある。詩「特殊なしるし」で、父への愛憎を「父は冷たい水のように入りこみ、／その剣でわたしの尻の穴を突き刺す。（中略）わたしが嫌がるところへ深く入りこみ／／許しがたい快楽を／わたしに与える。」と書き、「母との最後の情景」で、心を病みアルコール中毒で自死した母への想いを、「動物が深傷を負っているときは、いやでも／息の根を止めてやらなきゃならないんだよ。」と祖母の口を通じて語る。このように抱えきれないものを辛うじて抱えこみ、効率至上の母国、米国を心底で批判しつつ、今ヒマラヤ地方の仏教寺院で瞑想し、あるいはその地の人里離れた森を滑るように歩くアンバル・パストの、思うことを直ちに実行に移し、あくまで自己に忠実であり続けるその生き方を前にして、筆者は茫然と立ち尽くすばかりだ。

（二〇一八年八月一日）

著者略歴

アンバル・パスト

一九四九年、アメリカ合衆国ノースカロライナ州生まれの女性詩人。九世紀に農民から身を起こし、ポーランドに王朝を開いたピアスト王の末裔で、十八世紀に米国へ移住してパスト姓を名乗った家系に属する。母方は、先住民チェロキー族の血を引いている。

子供の頃からメキシコ文化の豊かさに魅せられ、度々メキシコを訪れていたが、一九七四年に米国での小市民的生活を捨ててこの国のチアパス州サン・クリストバル市へ移住し、一九八五年にメキシコ国籍を得た。長年同地に住み、先住民たちと親しく交流したが、現在は、インド、ヒマラヤ地方の山中で、清貧の生活を送っている。

解放された自由な精神と鋭い感性で根源的な問題を捉え、ユーモアとアイロニーに満ちた言葉で表現する彼女の詩は、国際的に評価されつつあり、二〇〇六年に「セルバンテス賞」を受賞したスペインの詩人、アントニオ・ガモネダは、彼女の詩を高く評価しているひとりである。詩集に、『かたつむり』（一九八四）、『木こりたちの夜想曲』（一九八九）、『捧げる詩・信仰』（二〇〇三）、『わたしが男だったとき』（二〇〇四）、『ウラカーナ』（二〇〇五）、『ムンダ　第一のムンダ』（二〇一四）などがある。

編訳者略歴

細野　豊（ほその　ゆたか）

一九三六年神奈川県横浜市生まれ。一九五八年東京外国語大学スペイン語科卒業。通算十七年余りラテンアメリカ諸国（メキシコ、ボリビア、ブラジル）に滞在。詩誌「ERA」、「饗宴」、「歴程」同人。日本詩人クラブ、日本現代詩人会、横浜詩人会、日本文藝家協会会員。二〇〇九年～一一年日本詩人クラブ理事長、二〇一三年～一五年同クラブ会長を歴任。詩集に『悲しみの尽きるところから』（一九九三、土曜美術社出版販売）、『花狩人』（一九九六、同上）、『DIOSES EN REBELDÍA（反逆の神々）』（一九九九、メキシコ首都圏大学）、『薄笑いの仮面』（二〇〇二、書肆青樹社）、『女乗りの自転車と黒い診察鞄』（二〇一二、土曜美術社出版販売）。共訳詩集に『現代メキシコ詩集』（二〇〇四、土曜美術社出版販売）、『ロルカと二七年世代の詩人たち』（二〇〇七、同上、第八回日本詩人クラブ詩界賞）、『Antología de poesía contemporánea del Japón（日本現代詩集）』（二〇一一、ベネズエラ国、ロス・アンデス大学）、『ホセ・ワタナベ詩集』（二〇一六、土曜美術社出版販売）。訳詩集に『ぼくは書きたいのに、出てくるのは泡ばかり―ペドロ・シモセ詩集』（二〇一二、現代企画室）。日西対訳詩集に『蜻蛉《あきつ》と石榴　libélulas y granados』（二〇一五、ダウロ社、ペドロ・エンリケスと共著）ほか。

新・世界現代詩文庫 16 アンバル・パスト詩集

発　行　二〇一九年八月二十日　初版

著　者　アンバル・パスト
編訳者　細野　豊
装　丁　長島弘幸
発行者　高木祐子
発行所　土曜美術社出版販売
〒162-0813　東京都新宿区東五軒町三—一〇
電　話　〇三—五二二九—〇七三〇
FAX　〇三—五二二九—〇七三二
振　替　〇〇一六〇—九—七五六九〇九
印刷・製本　モリモト印刷

ISBN978-4-8120-2519-2　C0198